Three Shades
of Love in
Urbanization

上午打瞌睡的女孩

鬼子 著

人民文学出版社

图书在版编目（CIP）数据

上午打瞌睡的女孩／鬼子著.－－北京：人民文学出版社，2024
ISBN 978－7－02－018573－3

Ⅰ．①上… Ⅱ．①鬼… Ⅲ．①中篇小说－小说集－中国－当代 ②短篇小说－小说集－中国－当代 Ⅳ．① I247.7

中国国家版本馆 CIP 数据核字（2024）第 061899 号

责任编辑	付如初
装帧设计	陶　雷
责任印制	张　娜

出版发行　人民文学出版社
社　　址　北京市朝内大街166号
邮政编码　100705

印　　刷　北京盛通印刷股份有限公司
经　　销　全国新华书店等

字　　数　146千字
开　　本　880毫米×1230毫米　1/32
印　　张　6.75　　插页1
印　　数　1－5000
版　　次　2024年6月北京第1版
印　　次　2024年6月第1次印刷

书　　号　978-7-02-018573-3
定　　价　48.00元

如有印装质量问题，请与本社图书销售中心调换。电话：010－65233595

目 录

被雨淋湿的河　　001

上午打瞌睡的女孩　　055

瓦城上空的麦田　　114

被雨淋湿的河

我从城里离婚回家的那一天,阳光好得无可挑剔,可陈村的妻子却在那天去世了。他的妻子是病死的,死前她的眼睛一直是迷迷糊糊的,在医院和家里来往地躺了半年,但临死前的最后一刻,她的眼睛却突然地亮了一下,然后紧紧抓住陈村的双手。她说你能答应我两件事吗?陈村说什么事,你说。她说我那几亩田地你就别再种了,免得光缴税粮就是一个负担。陈村点点头,说了一声好的。她接着说那两个孩子就丢给你了。陈村说你放心吧,再说他们也都长大了。他们的两个孩子正在远处的小镇上读着他们的中学。你把他们的户口也都转了算了,好吗?陈村又说了一声好的,你放心吧。她于是异常悠长地嗨了一声,然后把眼光慢慢地爬到一旁的窗户上,像是要极力地透过窗户,再看一眼那窗外的天空。但她似乎什么也看不清楚。

她说,天是不是就要黑了。

当时的时间只是临近黄昏。

陈村说那我给你把灯点上吧。她说好的,你给我把灯点上吧。谁知陈村刚一脱手,她就随后闭上了眼睛。陈村把灯点回来的时候,她已经石头一般沉静无声了。

陈村在妻子死去的第十个晚上找到我的家里。那是一个漆黑的夜晚，当时我不在屋，等到我回来的时候，只看见门前的泥地上蜷缩着一团黑色的物体。我当即吓了一跳。那团黑物状似一只在呻吟中不断抽搐的动物，谁也不会想到那就是陈村。我赶紧把他扶起，然后搀进我的家中，让他躺在我的床上。

除了那张床，屋里没有了可以躺身的地方。

我的家，那时空空荡荡的。作为一个刚刚离婚的女人，我无心在十天里把家整好。

蜷缩在地上的陈村是因为心疼。他的心每每疼痛起来，身子就禁不住收缩成一团，然后像渔夫手里收拢的一张破网，无情地甩在泥地上。我说你到医院看过吗？他说看过，可医生说他没有什么病，医生的诊断是他的身体太虚、太弱，所以承受不了太大的压力而造成心的绞痛。我说这不就是病吗？我骂了一句现在的医生有些人就是心眼坏，他们就想着如何多拿些奖金。陈村说，那他们就该把我当作大病，那样他们就可以多收一些钱了。我说你这是死心眼，你们是公费医疗你以为他们不知道？但陈村坚持说医生的说法是对的。

他说他的心他自己清楚。

陈村问我，你还回到城里去吗？

我说我已经离完婚了，我不去了。

他说那你要不要田，还有地。如果要就全都送你，如果不要，我就另外找人。

他说，他妻子活着的时候很苦，她死了，他得给她落实一点心愿。我对他深表同情，为了他，也为了我，我说好的，那你就给我吧。他说那就谢谢你了。我说该说谢谢的是我。他说不，应该是我。我妻子病后，那几块田地一直荒着，已经长出了半人高的野草了。我说那我明天先把那些野草割了。他连连地又说了好几声谢谢。

我在他妻子的田地里忙了没有多久，他的晓雷就回家里来了。

我问陈村，你打算给他找个什么事做呢？

陈村说一时没有想好。他说我慢慢地想吧。

我说，要不你就把哪块好点的田或者地，拿回去种吧。

他的晓雷坚决地甩着头，他说不要，我不种。

陈村也说不要，他说他在给他想办法，他在慢慢地想。那一想，陈村竟想了半年多都没有想好。

这天，村里突然发生了一起血案。一个随身带着尖刀的小子，把一个也是村里的青年给活活地杀死了。出刀的缘故是赌钱的时候对一张人民币的真假引起的争吵。那赢钱的小子就是不肯收下，他让换一张。输钱的小子就是不换，他说你说是假的可我说是真的，你要就要，不要就拉倒，反正老子已经给了你了。那把吓人的尖刀就在这时亮了出来。他说这一张老子就是不要，你得给我换一张，不换就对你不客气。旁边站立着很多的人，陈村的晓雷就在其中，所有的眼睛都看到了那把杀气腾腾的尖刀，所有的耳朵都被那句同样杀气腾腾的话语所震颤。可是，没有一人上去阻拦，都像买了票在认真地看着一场惊心动魄的海外录像，眼睛眨都不眨。输钱的小子也不眨眼，而且面对尖刀，昂着无所畏惧的胸膛。他说，有本事你就捅进来！敢吗？不敢就把这把烂刀收起！那当然不是一把烂刀，他这么说只是表现他的情绪。那把尖刀却因此而激动了起来，哧的一声就捅了进去，只听到一声糊里糊涂的闷响,鲜血便从对方的心胸里飞泻了出来。

　　血案是下午三点左右发生的。傍晚的时候,站在门边的陈村突然发现归来的晓雷两只眼睛竟像不是肉长的,而像一种空无一物的泥丸。陈村的心思因此突然地紧张了起来,他觉得那样的一种眼睛,也是一种随时都会出事的眼睛。这种眼睛看上去虽然空空洞洞的,好像什么都不在乎,可一旦碰着什么异物,就会当即电闪雷鸣,烈火熊熊,最后把生命匆匆地了结成一段悔恨的故事。

　　那天晚上的陈村,被儿子的眼睛活活地折磨着,久久无法入眠。

　　屋外的落叶在夜风中鸟一样鸣叫不停。

　　晓雷也是久久的没有入睡,他在床上不时地翻动着,弄出许多刺耳的怪响。

　　难以入眠的陈村最后从床上坐起。他问了一声你睡了吗? 他的晓雷没有回话。他说我想跟你说个事,你看怎样? 他的晓雷又响亮地翻了个身,然后短短地应了一句什么事? 陈村说,明天我上城里一趟,我想让你到师范去插个班。晓雷却没有吭声。师范的校长是陈村的老同学。他决定求他帮忙。

　　那个落叶如鸟的晚上是一个周末的晚上。

　　那时候的周末是旧日的星期六,而不是现在的星期五。第二天是星期天,天亮起来,陈村就摸进了城里。

　　但他的晓雷却不喜欢读书。于是,父子俩冲突在了几天后的路上。

　　那是送晓雷上路的那一天。

　　那一天的天气相当地不好,浑浑噩噩的毛毛细雨飘飘扬扬的满天都是。冲突的起因是晓雷的行李上没有任何的遮挡。陈村说雨厚着呢,淋湿了晚上你怎么盖？晓雷却不理他。陈村找来了一块塑料，晓雷也坚决不要。他刚披上去，他就扯了下来。陈村对晓雷的心情不可理解。他为此心里难受。他摇着头，只好自己拿在手上，跟在儿子的身后走。

路上的毛毛雨越走越厚，晓雷的头发上转眼结了白毛毛的一层。陈村的心便又忍不住了。他说你这孩子真是，你拗什么呢，淋湿了晚上你怎么睡？

晓雷说那是我的事。

陈村说你就是拗。

晓雷说这也叫拗吗？告诉你，真正的拗你还没看到呢！

陈村知道儿子话里有话。他说我知道你不喜欢读书，可是我们这样的家没别的办法。晓雷说这不是什么喜欢不喜欢的问题。他说反正你等着吧，我不会帮你读下去的。陈村对儿子的话当然不满，他说让你去读是为你自己，怎么说是帮我呢？晓雷说，是不是帮你，你心里清楚。陈村显得无奈，他说就算是帮我读的吧，那又有什么不好呢？晓雷说反正我没有兴趣。陈村说你对什么有兴趣呢？晓雷说那是我自己的事。陈村的心里越听越难受，他说我是你父亲，你怎么能这样跟我说话呢？

可他的晓雷并没有因此而停止对他的伤害。他说那你想让我对你些说什么呢？说罢猛然停下了脚步。两只空空洞洞的眼睛猴子一样盯着父亲不走了。

他说我不想再听你啰里啰唆的，你让我一个人走好不好？我知道怎么上车，我也知道怎么找到你的那个师范。

陈村的伤心达到了绝对的无奈。他说好吧，那你就自己走吧。说完把一直拿在手中的塑料又递到了晓雷的面前，他说你还是披上的好。晓雷没有伸手，他转身朝着雨雾的远处独自走去。

望着渐走渐远的孩子，陈村的眼里漫下了泪来。

那个晚上的陈村又心疼了一个晚上。

而他的晓雷就睡在那床淋湿了的被窝下边。他的同学说你这样怎么睡人呢？都让他到他们的床上来。可晓雷一声不吭，整个晚上都没有回过别人的话。他的同学都觉得奇怪，都以为第二天早上必定把他抬到医院无疑。可是，第二天早上的晓雷竟什么异常的反应也没有。他像是一头睡醒在草地上的黑熊，摇摇头，张开大嘴，哇哇哇地叫了几声，就跟着同学们一起洗脸一起吃早餐一起上课去了。

时间不到两个月，晓雷那双好像不是肉长的眼睛，便受不下黑板上的那些东西了。一个星期六的黄昏，他突然跑回了家里，他问陈村有没有三百块钱？陈村当即吓了一跳。陈村的身上真的没有那么多钱。他说你要这么多钱干什么？晓雷说不干什么。他说你只管给我就是了。陈村说我哪来的三百块给你呢？晓雷觉得惊讶，他说三百块钱都没有吗？陈村说我一个月的工资是多少？你要，你妹妹要，你说我还剩下多少？我在家里不吃啦？

晓雷没有跟他的父亲多说什么，晚上独自响亮地敲开了我的房门。

当时，我正倚着窗户遥望着西落的月亮。那西落的月亮只是一弯半边的月牙，所以那个时候的夜还不是太晚。那月落的去处就是瓦城的方向，那里有我因为离婚而失去的儿子。也许是我在思念儿子的情绪中还没有冷静下来，我对他的借钱没有产生任何的疑问。我觉得这些当孩子的也不容易！

拿到钱后的晓雷却突然地问了一声,说他父亲把田地给我的时候,是否拿了一些钱?

我告诉他,你父亲当时没有说到要钱。

他说你其实应该给一点的。

我说你现在的意思是什么?

他说也没有什么意思。

我说,你是不是想说这三百块钱就当是你们家那几亩田地的钱?

他沉吟了好久,好像拿不定这个主意。

我说这三百块钱算不了什么,就当是我送你的吧,好吗?

他便圆着眼睛望我。他说最好是不要这么说。这样吧,哪一天我有了钱,我就还你,如果没有,如果一直还不起,你再当着是买了我们家的地吧。这样的孩子确实叫人不可思议。但我仍然答应了他,我不情愿给他打击。

临走时他又吩咐了一句,让我千万不能告诉他的父亲。

我说你放心吧,我干吗要告诉他呢。

我心里说不就三百块钱吗? 我用不着为这么一点钱出卖一个刚刚成年的孩子。

三个月后的一个晚上,陈村才问起我,说晓雷是不是跟我借过钱? 我说没有。陈村当时站在我的窗户外边。那是一个没有月亮的晚上,夜已经很深,窗外黑乎乎的。他说他睡不着,就敲打我的窗户来了。

陈村说,你跟我说的是实话吗?

我当然不能告诉他。我说他真的没有跟我借过钱。

陈村就思忖着那这三个多月里他哪来的钱做生活费呢?

我安慰他，说晓雷也许是一边读书一边给人打工。

黑暗中的陈村没有答话，我也看不出他的脸色反应。

那个晚上的陈村，还为着另一件事情无法入睡。他的晓雨也读完了她的东西回到了家里。他问我，像晓雨这样的女孩，如果到城里去可以找些什么工做？他说她一个女孩子，总不能让她在村上整天地浪荡。

从城里离婚回来的我，对城里自然没有了多少好感。我觉得人世间的丑恶几乎都云集在看上去十分发达而美丽的城市中。城市就像那蜜蜂窝，我承认里边有着许多可口的蜜糖，但也时常叫人被蜇得满身是伤。尤其像晓雨那样的漂亮女孩。但我没有这样告诉陈村，我替他想了想，建议他让晓雨到城里的发廊或美容店做些小工。

陈村说好的，那我明天带她去看一看，顺便去看看晓雷那小子。

窗外仍然十分地黑暗，我始终看不到陈村的脸色。

城里的师范早就没有了晓雷的影子。等着他的只有那床曾经被雨淋得精湿的被子。他的晓雷把那床被子叠得倒是整整齐齐的，他的同学好像也没翻过。陈村抱起的时候，被子的深处已经发出了一股浓烈的霉味。那张席子也星星点点地布满了白花花的毛斑。

当时的陈村不知儿子的去向。

陈村的老同学，那个师范的校长，也不知道晓雷去了哪里。

陈村说，他都没有跟你说过吗？

他的同学说没有。

他的同学也问他，那他也没跟你说过什么吗？

陈村说没有。

陈村的伤心阴黑了整个脸面，他想跟他的老同学说些什么，他觉得对不起他，他给他添了麻烦了。可他说不出来。他那瘦弱的心跟着又一阵阵地绞痛了起来，他极力地忍受着，最终没能忍住，身子一缩，烂网似的蜷缩在了那床晓雷的被子上。

后来是晓雷告诉我，说他拿着我给的三百块钱，第二天就跑到广东那边打工去了。我因此严厉地指责他，我说你怎么能这样呢？你父亲为了你和你的妹妹晓雨，你知道他是如何地劳心劳血吗？

晓雷的回答却令人伤心透顶。

他说我干吗要管他呢？

我说你是他的儿子，他是你的父亲，你不管他可他得管你，你知道吗？

晓雷的嘴里便飞出一声冷笑。他说照你的意思，我应该给他把那师范读下去？我说是的，你应该读下去。他说我要是真的读下去，我读完了，我做什么呢？我说代课呀。那代完了课呢？我说只要好好地代课下去，总有一天会跟你父亲一样成为真正的教师的。他的眼睛便眯缝成了一条细线，目光尖锐地打量着我。他说你的意思是我的一生也应该像我父亲一样？

我说像你父亲一样有什么不好呢？

他就连连地说了好几声好好好。很好！

我只好无奈地问他，那你的想法是干什么呢？

他说我自己出去打工赚我自己的血汗钱，我不用他再养我，他不应该有意见。

我说，可你是否想到过，当你父亲在师范里抱着你留下的那一床被子时，他的心情承受了多大的痛苦吗？

晓雷的眼光便长长地伸向远远的天边，然后猛地回过头来，他问那一天是哪一天？

我说，我哪知道那一天是哪一天呢？你想知道可以去问你的父亲。

他说还是你替我想想吧，那一天到底是哪一天？

我不知道他说的是什么意思，我也想不出他想知道的是什么意思。我说你问那一天是哪一天干什么呢？你知道那一天你的父亲为了你并不好受这就已经够了。

于是他告诉我，他在广东那边曾经杀了一个人。

他说，他杀人的那一天可能就是那一天，也可能不是。也可能是杀人之后，正在逃往另一个地方，正在大街上到处慌里慌张地流浪。

我当时吓了一跳，我说你说什么？你说你杀了人？

他说是呀，我杀了一个人。一个坏人。

我说，你说的是真的还是在跟我说故事？

他说什么叫真的什么叫故事？

我说真的就是真的，故事可是编的。

他的脸色便放松了下来，然后笑了笑。他说，我说的是真的。

晓雷说他杀人的最初原因，是在火车上遇到一个重庆的小子。

那是一趟重庆开往广州的火车。晓雷没有去过重庆，也没有去过广州。就连坐火车也是头一次。他没有想到火车上的人竟然那么多，所有的车厢都挤满了前往广东打工的农民。挤着上车的时候，外边的人死命一样叫喊着前边的人往里边挤呀挤呀挤呀！晓雷被挤在人群的中间。他觉得那个时候的人已经不再像人，而是一群被人驱赶着的牛群，走与不走根本由不得你，一直到最后被挤到了哪里，这才停在了那里。这时是因为想上车的人都已拼命地挤了上来了，再上来就找不着地方站了。一直到火车摇摇晃晃地开走了，这才摇出一点松动的空间，可那空间很快又被下一站的人给塞紧了。晓雷说，直到那时，他才想到了国家为何要搞计划生育，为何村里的墙上，到处红红黑黑地写着：谁敢超生就让谁倾家荡产！

晓雷是因为一包香烟与那重庆小子相识的。

那重庆小子也没有座位，晓雷就站在他的身边。晓雷还没有上车的时候他就一直地蹲在了那里，蹲了一个晚上了。大约站了一个多两个小时的时候，晓雷突然觉得嘴巴有些异样的难受。晓雷于是掏出了烟来，他把烟叼在嘴上的时候，发现身旁有双眼睛在注视着他。晓雷朝他笑了笑，慷慨地把烟递了过去。那重庆小子朝他笑了笑，扯下了一支，随口问了一声也是到广东打工的吗？晓雷没有回答他，晓雷问他你呢？重庆小子点了点头，说他在广东已经打了两年工了，这一次是回家帮老板招工去的。晓雷心里不由一动，趁机将那包香烟塞到了重庆小子的手上。晓雷说我身上还有，这包你拿着吧。重庆小子笑了笑就收下了。晓雷告诉他，说自己是头一次出门的，可不可以跟着他们一起去。重庆小子望了望晓雷，又低头望了望手里的那包香烟，最后对晓雷说，给老板找的人已经够了。但他告诉晓雷，另一个地方有个老板也在需要工人，只是工资稍微少了一些。晓雷问他多少？他说一个月六百左右，你要愿意我可以带你去。听说一个月有六百块钱，晓雷的心里当即感动了起来，他不仅说了同意，还随后连连地说了好几声谢谢。重庆小子掂着晓雷给的香烟，脸上笑着说不用客气。他说，出门在外的，都是朋友。晓雷的脑子里突然就想念起了中学课文里的一句什么唐诗，但却说不上来，只感到心里暖烘烘的，仿佛照进了一片阳光。可他没有想到，这个重庆小子原来是为了得到三百块钱，而把他卖给了一个地处荒野之上的采石场。

被晓雷杀死的那个人，就是那个采石场的老板。

临走近那个采石场的时候，重庆小子告诉晓雷，他曾在这个采石场打过五个多月的采石工。他说那采石场的老板是一个很有钱的家伙，但在采石工的身上，他的用钱却不是十分的大方，只要找得到理由，他总要千方百计地押住你的工钱，他叫晓雷自己小心自己。临走时，又悄悄地告诉晓雷，说是千万不要把身份证交给老板，说完他朝晓雷挥了挥手。晓雷知道他那是再见的意思，也朝他挥了挥手。那重庆小子转过身，慢慢就走得没有了身影。

那采石场的老板是一个身材矮黑的广东人，怎么看上去都是一个只念过一二年书的粗人。那老板姓杨，采石工们都叫他杨老板。杨老板也没有问过有关身份证的话，晓雷说也许就因为这一点，所以他被他杀死之后，警察一直找不着凶手。那个重庆小子带着他与杨老板见面的时候，没有多余的旁人，没有人知道他晓雷是从哪里来后来又到了哪里去了。也不知道那重庆小子是怎么介绍的晓雷，杨老板只跟他吩咐了一些如何采石的事情，别的也丝毫没有多说，好像他需要的只是一头劳动的牛，他不需要与牛进行多余的对话。

晓雷是因为工钱的事而怒火中烧的。

头一个月发工钱的时候，杨老板没有给他一分钱。晓雷觉得有些不可理解。他问杨老板不是说好六百块一个月吗？杨老板说是呀，是一个月六百块呀，他说那你自己不会算吗？晓雷不知道怎么算，他只好回头问另外几个采石工。他首先想到的是伙食费。他们告诉他，菜里有肉的话，扣三百五左右。没有肉呢？没有肉就三百。晓雷把一个月里的菜食回忆了一遍。回忆的结果，是没有过肉的影子。他说那这个月应该是三百块。他们说是的，这个月是三百块。晓雷转身就又找到了杨老板。杨老板的眼睛却牛眼一样在晓雷的脸上不停地滚动。他说你知道我是用了多少钱把你买到这里吗？那一个"买"字，晓雷觉得太伤人心。他嘴里暗暗地骂着你他妈的老子又不是牛，我被谁卖给你啦？但他只愣愣地望着杨老板说不出话来。杨老板说，我给了那个小子整整三百块钱你知道吗？晓雷说我不知道。杨老板说你当然不知道啦你怎么能知道呢？晓雷说，那这个月我是杨白劳啦？杨老板说应该是吧。晓雷只好阴着脸，在心里暗暗地自认倒霉。

可第二个月发钱的时候，还是没有他的！

杨老板说，这是惯例。晓雷问他什么惯例？杨老板说你不知道？晓雷说我没有听你说过。杨老板便呵了一声，他说那你就去问问他们吧。他说他们知道。他自己不告诉晓雷。他懒得告诉晓雷。他觉得他无须告诉他。没等晓雷再问下去，他就转身走人了。

采石工们说，第二个月是得不到工钱的。第三个月也得不到。一直到第四个月，才能得到第二个月的工钱，跟着是第五个月拿第三个月的。

晓雷的情绪不由一阵慌乱。他说那你们为什么还给他这么干下去呢？他们说不干下去那两个月的工钱不就白白地送给他了？那你们永远这么干下去也永远得不到那两个月的工钱呀？他们说，等得到的钱多一点了再走人，到时，前边的那两个月就当是什么也没做。他们说前边的人就是这样走的。晓雷说那你们为什么不早告诉我呢？他们说谁敢告诉你呢？你要是一走他就知道一定是我们有人告诉了你，我们的工钱就会被他往下再扣一个月，你以为我们是傻瓜吗？

晓雷心里说是的，你们都不是傻瓜，可你们哪一个是聪明人呢？

发完了工钱的杨老板，转身就离开了采石场，回他的城里忙他别的事情包括吃喝嫖赌去了。杨老板总是这样。他不担心有人在背后走开，任何一个采石工都有两个月的工钱在他的手中，真要有人走了他也毫不在乎，他可以从他们留下的钱里再买回一个补上。

晓雷那双如同不是肉长的眼睛，一直干燥地等待着杨老板的再现。

杨老板建有一个小房子在采石场上。那房子看上去是一个简易的木板屋，里边却布置得相当温馨。有时在城里住腻了，就带上一个外来的卖身女，用摩托车拉到采石场来。

时间就这样过去了十来天。

这一天的杨老板又带来了一个卖身的女子。晓雷说那是一个四川妹。看着杨老板的摩托车从面前飞奔而过的时候，晓雷气愤地就要冲上去，那几个采石工却把他拖住了。他们说他身上有枪。晓雷只好又忍了一天，但晚上却如何也睡不着觉。他想无论如何也要把工钱拿到手！给钱他就往下干，不给钱就揍他一顿，然后走人。就这样，晓雷被愤怒活活地折磨到了第二天的下午。他想不能再等了，他担心他玩腻了那个女子一转身又会走人。站在采石场上的晓雷，不时地看着头上的太阳，阳光白花花地把人烤得半死。他不住地抹着汗水，抚摸着激动而紧张的胸口，他想让它平静一些，但他做不到。他突然觉得应该找个地方解解手，他觉得憋得难受，于是从人们的眼里一步一步地迈出了采石场，往不远处的一块大石头后走去。就那一去，采石工们就再也看不到他的影子了。

晓雷已经朝着杨老板的木板房大踏步地走去。

杨老板的房门只是虚掩着。这个地方是他的地方，是他用钱从当地的农民手里买下来的，没有哪一个民工敢不吭一声推开他的房门。当时的杨老板正在床上忙得热火朝天。最先看到晓雷的是那四川妹，但她没有发出惊叫。她只是突然间停止了自己的动作。晓雷站在门内看着他们不动。杨老板又忙了一阵之后才发现了问题。他抓了一条毯子包在腰上，朝晓雷暴跳如雷地吼着。他让晓雷马上给他滚出去！

晓雷却不怕。晓雷说我是来要钱的，你把那两个月的工钱给我，我马上就出去。

杨老板没想到有人竟敢顶他。他说你滚不滚？不滚你就找死！

晓雷站在那里就是不滚。他说你不把钱给我，老子今天也不好惹！

杨老板说想要钱你就接着干。他从床上滑了下来，然后去拿椅子上的衣服。他没有想到晓雷已经朝他逼了过来。

晓雷说你不给我钱我就不干了！

杨老板说不干你就马上滚蛋。

晓雷说你先把我的工钱给我！

杨老板说老子就是不给。

晓雷说你再说一遍给还是不给！

杨老板说不给就是不给，你想找死？

杨老板的裤子里还空着半条腿，晓雷已经操起了桌面上的一个酒瓶，闪电般砸在了他的后脑上。晓雷说那是一只又长又大的酒瓶，但却没有发出什么惊人的响声。被打着的杨老板，也没有发出任何非凡的叫喊，他的身子只是默默地往旁一歪，就栽到了地上。床上四川妹眼睁睁地望着晓雷和那倒在地上的杨老板，竟也没有一声惊恐的喊叫。直到晓雷从杨老板的衣服里摸出一沓厚厚的钱来，她的声音才响亮地飞越了起来，她说你把钱留一点给我。她说他把我弄到这里来还没给我钱呢。晓雷朝她过了一眼，她身子一丝不挂地坐在床上。晓雷的眼睛没有多看，他低下头去看了看手里的那沓钱，抽了一撮往床上丢去。那一撮晓雷估计最少也有一千。

我问晓雷，那一沓钱一共多少？

晓雷说，后来逃到树林中的时候，我数了数，一共是五千八百六十七元。那八百六十七元，后来我又给了那个四川的妓女。

我说你不是逃到山上的树林去了吗？

他说是呀，她也跟我一起去了。我们两人在山上的树林里合谋躲到了天黑，然后由她带着我，逃出了那片荒野，最后乘火车离开了那个可恶的地方。

我没有怀疑晓雷的叙述。如今的青年人什么事都干得出来，而且常常干得叫人不敢想象。但我仍然再一次地问他，我说你说的都是真的吗？

他说你以为我是在给你说故事吗？

我说那你怎么没有想到该去报案自首呢？

他说想到过。

我说那你为什么不去?

他说想到这个问题的时候,他已经躺在了旅店的床上。最初的三个晚上他根本睡不着觉。他躺在旅店的床上不停地想着该怎么办呢?最后,他在第四个深夜里爬起了床来,他撕了两片纸,用旅店里的笔,在其中的一片纸上慢慢地打了一个钩,像老师打在学生的作业本上一样,不同的只是那一个钩不是红色的。那是一支蓝色的圆珠笔。他把那两个纸片揉成很小的纸团,散在桌子上。他心里想,如果抓起的那一团是空白的,他就前去自首。如果是打钩的,就不去。

抓起的第一片却是打了钩的。

但他的心中却又不敢落实。他又接连地摸了两次,得到的竟然都是打了钩的。他觉得实在是莫名其妙。他说不清那是因为什么。但他仍然没有因此而睡下。他随之觉得自己的做法不对。他突然觉得那打了钩的不就是布告上枪毙人的那种钩吗?那应该就是自首的意思。于是他决定重来。这次他把旅店里留下的那一便笺全都撕成了数不清的纸片,然后在纸片上分别地写着"自首""不自首"两种字样。他觉得不能再用符号代替。他觉得符号这个东西,可以这样解释也可以那样解释,叫人心里依靠不住。每一个字他都写得十分地用心,一笔一画不敢有半点的潦草。先写了"自首",跟着再写"不自首";写完了"不自首",就又接着写下一张的"自首"。不让哪一种多,也不让哪一种少。写完了,再一张一张,慢慢地揉好。

一直忙到快凌晨的时候,晓雷才闭上眼睛,让两个手指在"自首"与"不自首"的海洋中,听天由命地捞出了五颗来。

结果是两张"自首",三张"不自首"。他的心因此而安定了。他觉得五打三胜,他不应该再自己折磨自己了。

我对他说,人命是关天的事,你怎么能用儿童的游戏方式来决定呢?

他说天下的事就是这样,你觉得它是游戏它对你就是游戏,而你觉得它不是游戏,它对你就不是游戏。

我说,话怎么能这么说呢?

他说怎么不能这么说呢?你是在城里住过的人,你没听人家在歌里是怎么唱的吗?说是人生一出戏,何苦太认真。

我说人家那说的是人生,不是游戏。

他说我没觉得有什么不同。

为了他这杀人的事,我失眠了好几个晚上,我想我该不该告诉他的父亲陈村呢?

后来我没有告诉陈村。

我想,他也许是想到过我不会告诉他的父亲才告诉我的,要不他为什么要告诉我呢?那些天里如果我把晓雷杀人的事告诉了陈村,他的痛苦会是什么样子呢?他会不会在地上突然一蹲,转眼就又收缩成一堆可怜的烂渔网,然后昏死在地上?或是连夜摸到警察那里,让警察在一个黑色的夜里偷偷摸到晓雷的床边,最后把晓雷带走?

我没有告诉他。

我没有告诉陈村的另外一个原因,是晓雷同时叙述了另一件事情。

对晓雷来说,那得算是一件了不起的事情。

杀死了杨老板的晓雷,并没有随后回到村上。他想,死了的那个杨老板不会太大惊动警察的愤怒,因为死在地上的杨老板仍然是一副淫荡未酣的状态，那些采石工也会异口同声地告诉警察，说那是个坏人，说他从外边带回了一个妓女。他们还会齐声地告诉警察，他如何榨取了他们的工钱，而且骂他真他妈的该死！不管怎么说，死了的那个杨老板是一个绝对的坏人，他想不会激起任何一个好人的同情。在警察的手中，一些应该破获以平民愤的案件多如牛毛。杨老板的死顶多只是闪现在他们后脑壳上的一条细微的黑影，他想只要时间过去了，也就无影无踪了。

晓雷与那四川妓女分手的时候，他不知道她叫什么名字，她也不知道他是哪里的人。他曾问过她，你不会把我告给警察吧？那妓女说怎么会呢？她说她也不想回到原来的地方去了，她想也许警察会找到她原来的那个地方去，也许也不会，因为杨老板是在街面上把她拉来的，她与杨老板原来有过一两次的交往。她说如果有一天警察找到了我，我就说，我不认识你。晓雷连连谢了她两句。他说，我真是没有想到你们这种人竟然是人坏心不坏，好吧，那我们就再见吧。那妓女也说好的再见吧。说完朝他扬起了一只轻飘飘的小手，在空中慢慢地挥动着，就像一只受伤的小鸟在空中慢慢地摇晃。晓雷的心中泛起了一阵少有的凄楚，也朝她扬起了自己的手来。两只手在空中相对着晃了几晃，转眼就各奔东西了。

晓雷的脑子里，后来时常浮现着那个妓女。他说那是一个长得确实让人心疼的女孩。她的年龄顶多十七，比他的妹妹晓雨大不了多少。

晓雷没有想到，几天后他竟然与那重庆的小子不期而遇。

那是在另一个城市的大街上。当时的晓雷正在大街上浪荡着想找个工作。在城市里找工并不太难，难的是找到一个好的工种。所有的大街小巷都隔不远就能看到一个招工的事务所，那些事务所的门前贴满了五花八门的招工消息，看上去就像那些同样贴满了街头巷尾的专治性病的民医广告。晓雷想不明白，莫非得了性病的人与寻找工作的人一样的众多？

与那重庆小子相遇的时候，大街上的阳光格外地灿烂。在强烈的阳光里，双方都有点不肯相信地眯细着眼睛，都很吃惊的样子。重庆小子问他，你不在那里干了？晓雷没有回答他的话。晓雷只冷冷地骂了一声他妈的！那重庆小子便说，我知道你为什么不干，那小子的确太黑了。晓雷说，知道黑你就不该把我卖到那里。就那一个"卖"字，一丝急匆匆的羞色在重庆小子的脸上水一样流过。他抓了抓额门儿上的头发说，要不我带你到我们厂里试试？他说厂里刚刚开除了两个人。

那重庆小子得益于一家日本老板的服装生产厂。

那老板大约三十来岁，可怎么看上去都不像那些有了钱的外国老板，脸上的肉本来就不是太多，却又紧绷绷地拉着，好像他办的不是一个赚钱的服装厂，而是一家改造人种的犯人收容所。晓雷跟着重庆小子刚走进他的办公室，他右手一挥，就把重庆小子给赶出了门外，像驱赶一只苍蝇。

他没有叫晓雷坐下。他眯细着眼睛，尖锐地打扫着晓雷。他问他坐过牢吗？

晓雷没想到老板会这么问话。他愣了愣，回答没有。

老板说，我要的是实话，你不要以为坐过牢就丢脸就不想说。

晓雷说我知道。

老板就又问了一句你真的没有坐过牢吗？

晓雷说真的没有坐过。

老板说没坐过牢做过什么坏事没有?

晓雷说没有。

老板说真的没有?

晓雷说真的。

老板说什么坏事也都没有做过?

晓雷说没有做过。

老板说,比如打过什么群架,耍过什么流氓的?

晓雷说没有。

老板说你是光知道说没有,还是真的什么也没有?

晓雷说是真的没有。

老板便有一点失望的样子,一直眯缝着的眼睛也悄悄地睁大了开来。

他突然问他,难道你是共产党员吗?

晓雷说不是。

老板说那你父亲是吗?

晓雷说也不是。

老板又问那你是共青团员吗?

晓雷说也不是。

老板似乎觉得奇怪,那你怎么没做过坏事呢?

晓雷的心里便暗暗地骂了一句他妈的什么老板。心想,我要是说我杀过人,你肯要我吗? 他想不明白这个老板为什么这样考核他要招收的工人。

走出门外的时候，重庆小子才悄悄地告诉他，说那老板并不是真正的日本人，他是从大陆到日本去的。在大陆的时候坐过几年牢，不知怎么后来就到日本去了，而且与日本一家服装生产厂的老板的女儿弄成了夫妻。后来，夫妻俩就带着他岳父佬的钱跑回来办下了这个服装生产厂。晓雷说那你为什么不告诉我呢？重庆小子说不知怎么给忘了。他告诉晓雷，如果你告诉他坐过牢，他马上就会重用你。因为在他手下帮他管事的人，绝大多数都是坐过牢的。他觉得只有坐过牢的人才能帮他管好别人。他有他自己的理论，说是坐过牢的人绝大多数是胆子大而且聪明的人。

晓雷便大着眼睛盯着那位重庆小子，他说那你坐过牢吗？在他看来，那重庆小子是受了重用的。

重庆小子的回答是坐过。晓雷说真的吗？重庆小子说什么真的假的？老子犯的是流氓罪，整整蹲了三年！晓雷因此便大起了胆子，他说，要知道是这样，我他妈的就该对他说，老子杀过人！重庆小子笑了笑，他说算了，反正他收下就算了。

晓雷却低声说了一句，这样的工厂，我不一定干得下去。

重庆小子说，你管他那么多干什么呢，怎么管那是他的事，反正他给的工钱高我们就替他卖命，不就为了钱吗？晓雷问他，一个月正常可以拿多少？重庆小子说最少也有一千多差不多两千吧。

晓雷往咽喉的深处暗暗地吞下一些什么，不再作声。

事情出在三个多月后的一天下午。

那几天可能一直都是阴天，晓雷无法产生确切的回忆。他们已经好几天没有看到白天的天是什么样的天了。为了抢时间按时交货把钱赚回来，老板没日没夜地让他们加班。老板把饭菜都送到他们的身边，任他们吃任他们喝，那些饭菜也做得比任何时候的都好，但工人们全都吃得味同嚼蜡，他们需要的并不只是那些好饭好菜，而是希望能尽快把身骨放松下来，但老板总是绷着脸，让他们吃完了接着干，碗也不用他们洗。能够偷闲的只是饭后上厕所的时间。于是吃过饭的人都想在那个时候往里挤。但卫生间里，每次只能进出一个人。唯一的希望还是尽快地干活。干完活天色早已黑了四五个小时了。走出厂门前往宿舍去的路上，一个个迷迷糊糊的，就像漂泊在没有方向的湖水之中。

出事的那个时间大约是差五分钟四点，当时的车间突然陷入了一种从未有过的寂静。寂静的前边是老板猛然三声穷凶极恶的怒吼，他叫民工们站起来！统统地给我站起来！你们！没命般忙碌着的工人们，都不知道出了什么事了，都朝着发出怒吼的地方望了过去。老板那副瘦得猴样的身子已经站在了车间的中央，他的身边分别站立着两个目光铁锈的保安。晓雷说，那是老板手下两条喂得毛光闪亮的狼狗！通往车间的门一共三个，不知道他们从哪个门内冲杀了出来。正想着出了什么事了？老板吼声又爆发了，他说统统给我站到中间来！

人们慌乱地挤到了过道上，站成了一条畸形的队伍。

就在这时，高挂在墙上的挂钟当当地敲响了四下。

老板扫视着眼前的民工们，目光恶毒如狼，接着久久地不发声音。那样的寂静是十分伤人的。大约两三分钟过后，老板才咧嘴吼了起来。他说谁偷了我的衣服自己站出来！谁？谁偷了我的衣服？民工们都像没有听懂老板的话，都以为是谁暗里偷了他老板脱下的衣服。都觉得与己无关，没有人给老板站出队来。

老板转个眼又连连吼了两遍。

但受惊的人们只是不停地绷着紧张的情绪，仍然无人站出队来。

老板显然等不下去了。他朝身边的两个保安甩了一个眼色。两个保安朝人群中扑了过来。

遭受劫难的竟是一位怀孕将近五个月的女工。所有的民工全都震惊了！那女工当时正低头拉扯着身上鼓胀鼓胀的衣服，两个扑上来的保安呼一声把她的两条胳膊架了起来。随着她嘴里的一声尖叫，受惊的队伍河流一般乱成了一个空洞的旋涡，人们从两头哗地卷了上来。

那女工叫到第三声的时候，两个保安已将她架到了不远的一根水泥柱下。遭遇从天而降，把她吓得早已魂不附体，随着一阵阵直钻人心的号叫，从她那张抽搐的脸上不停地飞扬而起。

她说我没有偷，我没有偷，我没有偷……

两个保安全然不顾她的哀号，接着，他们揪住她的裤身，然后往下猛拉。那女工本来是背靠柱子站着的，随着一声更为刺耳的惨叫，她与跌落的裤子同时坐在了地上。两个保安刚要把手伸进她的裤子深处，却被她本能而飞快地提了起来。可是，没有等她顺着柱子爬起，那两个保安又把她的裤子给扯脱了。

四周的民工全都骇呆了。谁也没有见过这等的情景。谁也不知如何是好。

只有晓雷突然一步抢了上去，左右猛力一推，把那两个保安推倒在了地上。

与此同时，人们都吃惊地看到了那女工裤子里藏着的东西。那不是老板身上穿的衣服，而是一件还没有车好的衬衣。

晓雷问她这是怎么回事？

那女工早已泣不成声。她说她这不是偷的，是她把衬衣上的一根线给车坏了，她要拿回宿舍去偷偷地把线拆了，然后再拿回来重新车好。晓雷心想她的身体现状与众不同，她是被这没日没夜的劳累给弄迷糊了，所以把衬衣给车坏了。晓雷觉得他应该帮她跟老板解释解释。可晓雷拿着那件衬衣刚要站起，身后的不远处突然炸起了一声巨大的声响。

老板愤怒地推翻了一台机子！

民工们在机器倒地的声音里更加惨白了脸色。

老板像头张狂的野兽，朝混乱的人群凶猛地扑了过来，他一边推着他们，一边不停地吼叫着站好！站好！统统地给我站好！

像一群左冲右突的牛群，民工们又给老板站成了一支奇形怪状的队伍。

老板随后跳到了一台机车的桌上，他顺着一脚又踢翻了旁边的一台机子。就在这时，他朝民工们吼出了跪下，统统地给我跪下！

民工们一时都愣了，所有的人脸都惊慌失措地转动着，你望望我，我望望你。

老板随后又踢翻了一台机子。他的嗓门里像在冒血，他不停地吼叫着跪下！统统地给我跪下！谁不跪下谁就从我这里滚出去！

惊慌的情绪以狂风的姿态在人们的脸上变幻着。但仍然没人跪下。

老板突然将手指向身旁的两个保安。

跪下，你们也给我跪下！

那两个保安一下呆住了，但他们无须等到老板的第二声吼叫，就老老实实地把身子弯曲了下去。

转眼间，那条畸形的队伍像一堵挡不住黑风的破墙，纷纷牵连地倒了下去。

只有晓雷依然地站立着。

晓雷身旁的那名女工刚要跪下的时候，被他猛地提了起来。他朝她吼着，跪什么跪！大不了不赚他那几个臭钱。但他刚一放手，那名女工又软了下去，而且响亮地号啕了起来。随着，她的号啕将车间感染成了一场瓢泼的大雨。

老板没有想到竟然有人没有给他跪下。他指着晓雷厉声地问道，你为什么不跪？

晓雷圆睁着那双好像不是肉长的眼睛凝望着老板，他说我为什么要下跪？

老板那张无肉的瘦脸因此乱抽乱扭了起来，他说你还想在我这里赚钱，你就得给我跪下！

晓雷不跪。他说我就是不跪。

老板说不跪你就马上给我滚出去！说完朝两个保安晃去了一个眼色，他说你们给我把他轰出去！

那两个保安顺势哇啦站了起来。晓雷却从腰后猛地抽出了一把尖刀。那是一把寒光逼人的尖刀，刀把的身上到处镶满了红红绿绿的宝贝。那是晓雷在采石场那个杨老板的裤带上取下来的。当时，如果不是他手中的酒瓶及时地敲打下去，杨老板要是穿好了另一条裤脚，晓雷也许难逃那把尖刀的伤害。

晓雷严厉地晃着那把尖刀，他说我告诉你们，老子杀过人，你们要敢靠近一步，我就把你们当成野狗，一刀一个！

天黑前，晓雷和那名女工离开了那个服装厂。

那名女工的工钱是那重庆小子替老板拿来的，但被老板扣去了好几百。晓雷问了一声我的呢？重庆小子说，你的钱在老板那里，让你自己去拿。晓雷骂了一声，他说，他现在在哪儿？重庆小子说在他的办公室里。晓雷问，他是不是想耍什么花招？重庆小子说我不知道。而且学着外国人的模样耸了耸他那矮小的肩膀。晓雷的嘴上就又骂了一句，他想我要是不去，就证明我晓雷怕他。我为什么要怕他？钱是我的，那是我的血汗，他就是咬在牙根上，我也要把它敲下来。

老板独自坐在办公室里。晓雷想，他一定两脚高傲地架在办公桌上等着他的进入。可是没有。他很平常地坐着。看见晓雷进来连忙迎了上去，他让晓雷坐在一边的沙发上。他的手里拿着晓雷的那一沓工钱。可晓雷不坐。晓雷说你把我的钱给我。老板没有递给他。老板说，我想跟你说个事。

晓雷瞪着那双仿佛不是肉长的眼睛，盯着老板。

老板说我刚才想了很久，我觉得你是一个少有的人才。

晓雷随之敷衍一笑，他说你是不是想留下我，而且给我加薪？

老板点了点头。他说像你这样的人是可以做大事情的，我需要你这样的人。

晓雷把脸色一沉，他说，我要是答应了你，那不证明我最终还是给你跪下了吗？

老板说这是两码事，我让你留下是为了重用你，对你来说这是一个难得的机会。

晓雷说我不干！再说了我也不能这样干。

老板希望他想一想。他说我一个月可以给你四千。

晓雷说四千是不少，可问题是，给你这样的老板干活却是做人的一种羞辱。

老板惨然地笑了笑，他并没有感觉到太多的意外。他说，问题是过着没有钱的日子也是一种羞辱，这你应该知道。

晓雷说当然知道。可那种羞辱只是短时间里的羞辱，而给你干活则是一种终生的羞辱。

老板说这是你的观念问题，他说你知道我刚到日本的时候是怎么混的吗？为了找到活路，我就曾不止一次地给日本人跪过。

晓雷说那是因为你没有人格。

老板说，人格那东西有时并不值钱，值钱的是你如何找到门路生存下去，而且生存得像个人样，就像那些卖淫的妓女，你说她们有没有人格？你没有钱你日子都过不好，你整天被别人小看，你说你有人格吗？

晓雷说反正我不会当妓女。

老板说我那是给你打个比方。我的意思是你不要以为我刚才叫他们跪下是对他们的人格上的侮辱。我要管理好我的工厂我就得这样，再说你知道，他们那些工人都是一些什么样的人？他们跟你不一样，他们不需要你说的那么多的什么人格，他们只知道如何在我的工厂里多赚一些钱，你说，我要是不给他们来这么一下，他们如何才能老老实实地给我做事呢？

晓雷说我告诉你，像你这样的人，我不管你是外国人还是中国人，如果现在我们是站在一条独木桥上，我一定杀了你！可话刚说完，那名刚刚被开除的女工突然推门扑了进来，她哭丧着脸直直奔往老板的面前，然后扑通一声就跪在了老板的脚下。她并不是为了老板扣下的那几百块工钱，她是要求老板给她再做一个月的工。当时的晓雷因此气愤到了极点，他往前抢了一步，将她愤怒地提了起来。晓雷想不明白是因为他的愤怒还是因为那名女工本来就那么轻飘飘的，只像是一只没有骨肉的布娃娃。晓雷骂她，我是因为你才离开这个鬼地方的，我都没有给他跪下，你还给他跪下？你求他什么呢？你的脸就这么不值钱？说完，从老板的手里抢过自己的钱，拖着她愤怒地走出了门外。

那女工却一路哭得凄凄惨惨，嘴里不断地呢喃着一大串怎么也听不清楚的东西。走出工厂没有多远，她的肚腹就突然一阵绞痛，然后昏倒在了地上。

晓雷架着她艰难地走了一段，最后招了一辆过路的板车，送进了医院。

晓雷说，当他架着那位女工走在工厂外边的路上时，他是真真地哭了，他哭得并没有声音，但眼泪一串一串的，一直流了很久。

我问晓雷，那名女工后来是你送她回家的吗？他说没有。住院的第二天早上，医院里的好人就把电报发到了她的家里。她的弟弟和她的哥哥，带着两张惊恐的脸面，在第四天的晚上赶到了医院。

晓雷问我，想不想看看她那可怜的模样？说着从腰后拿出了一张折叠得只有巴掌大的报纸，然后指着图片上的一个女子，他说这就是她。

而我却最先看到了他晓雷。

他瞪着那双好像不是肉长的眼睛,正在报纸上激怒无比地对谁说话。图片的顶上,是一行充满力量的大字:

又一个不跪的打工仔

我说,这么说你可是出了大名啦!

他说出什么大名啦,要不是因为这个,我还可以再到别的工厂找找别的活路。可是一上了这个报纸了,我就不得不离开那城市了。

我觉得不可理解。我说为什么呢?

他说有什么不可理解的呢? 你想想,那个采石场的杨老板如果没有被我打死,他要是看到了这张照片,你说他难道不会去找警察吗?

我说那你不是说他被你给打死了吗?

他说如果不死呢?

他说也许是死了也许又不死。他心里不知怎么突然有了点怀疑。于是就在大街边上买了几张有他照片的报纸,悄悄地离开了那个城市。

我说那这报纸是怎么回事? 他说,那女工住进医院的当天晚上,他们的故事震撼了整个医院。第二天早上,电视台和报纸的记者们就蜂拥而至,把他和那名躺在床上的女工,围得熊猫一般喘不过气来。

晓雷回到家里的那个黄昏,他的父亲陈村却被吓掉了半颗门牙。

晓雷到家的时候,外面的天还不是太黑,但屋里早已昏暗了下来。那一天是陈村到镇上领回工资的日子。当时的陈村正在残灯的下边往一个本子上记着当月没有领到的数目。那个本子如今我还替他完好地收藏着,那些数目也一直歪歪斜斜地蜷曲在上面,就像记忆中一串一串被风干在野地上的红薯片,但瘦弱的陈村却永远也吃不上了。陈村活着的时候，一直压在他的枕头底下。那个晚上的陈村没想到他的晓雷会突然地回到家里，而且已经悄悄地站立在了他的身后。他刚要把本子放回原处，身后的晓雷猛然地叫了一声爸爸！那声音像一根突如其来的棍子，响亮地敲击在陈村的脑后，陈村吓得往前一磕，嘴巴撞在了桌子的边上。那是一张苍老而坚硬的铁木桌。陈村的牙根一阵疼痛，那半颗门牙便不知了去向。

落到地上的还有陈村手中的那一个本子。当时的晓雷并没有看到。因为屋里已经突然间黑暗了下来。那盏可怜的残灯，在陈村磕下的时候猛地跳了一下，那火苗便在震惊中逃亡了。

那灯原来是有着一个灯筒罩着的，虽然顶上长年破烂着一个拇指大的缺口，但埋下妻子的那个晚上，人们出出进进的，不知被谁突然地碰了一下，便飞身落到了地上，清脆地摔成了无数的碎片。

晓雷看到那个本子的时候，时间已是回家第五天的晚上。

那个晚上的陈村先是到了一趟我的家里，他问我晓雷回来后是不是到过我家。我知道我不能瞒着他。我说他来过。陈村便问他都跟你聊了一些什么？我说没聊什么。我心想他陈村是认真的。但我又不能把晓雷杀人的事告诉他。于是我说，他拿回来了一张报纸，你看了吗？他说看见过。我说他就说了那个事，别的没说什么。陈村便枯坐在那里，情绪忧伤得不可救药的样子。我想，我得找些话安慰安慰他，于是我告诉陈村，说晓雷是因为不喜欢当老师才悄悄离开师范的。我说，他没有告诉你是怕你会与他吵架，他不愿伤你的心。

陈村说，我心里负担的已经不是这个问题，我是在想，他出去也才六七个月，他哪里来的那么多的钱呢？我无法回答陈村的猜疑。晓雷到底带回了多少钱，我当时不知道，晓雷也没跟我说过。晓雷敲开我房门的头一个晚上，一进门就朝我递上了三百块钱。我说你这是什么意思。他说还你的。我说，我没说让你还呀。他说，我说过，没钱就不还。从他的话里可以知道，他是赚了几个钱的。但在我们后来的话里，他再没提起钱的事情。

晓雷把带回的钱收藏在床脚下的一个空罐里，这是陈村无意中发现的。我问他一共有多少？陈村说一共一万多。这个数目对于长年贫穷的陈村来说，当然不是小数。他说他哪来的这么多钱呢？我说我不知道。陈村坐了不到半个小时，就忧心忡忡地回去了。

晓雷正在那盏可怜的残灯之下，偷看他父亲收藏在枕头下的那个可怜的本子。他没有想到父亲出门没有多久就又突然地回到了家里。

陈村的情绪因此被破坏得发起了火来。他说你怎么乱翻我的东西呢？就把本子夺到了手上，塞回了枕头下的席子底。但随之又拿了起来。他一时想不出应该换个什么地方收藏才好。他说你怎么乱翻我的东西呢？

晓雷却毫不在乎，他问父亲，他们为什么欠了你们这么多的工资不发？

陈村知道为什么。

但那个时候的陈村不愿回答他的晓雷。他说这关你什么事呢？

晓雷说你们可以到上边告他们去。

陈村的内心便愈加地不满。他为晓雷随口而出的话感到十分地惊讶。他觉得他太轻狂了。

他说你知道什么呢？告谁？你说告谁？

晓雷说谁扣留了你们的工资就告谁呗！你管他是谁呢！

陈村说你知道是谁吗？

晓雷说我怎么知道他是谁呢，反正工资是不能克扣的。谁扣了就可以告谁。人家电视台和报纸就是这样告诉我们的。

陈村说我们？你的那些我们都是谁？你们是谁？

晓雷奇怪地问，什么我们是谁？

陈村说是呀，你们是谁？

晓雷被父亲问住了。他不知道如何回答他的父亲。

陈村说，你们不就是出卖劳力给人家打工的吗？你们的目的就是赚钱，可我们呢？我们是谁？

你们是谁？晓雷朝父亲反问了一句。

陈村说，我们是国家干部，我们是给我们的政府干活。你们呢？你们那是给外国老板打工，知道吗？陈村不知道那个外国老板本来是中国人。晓雷没有告诉他。那张报纸也没有告诉他。记者的用意也许是对的，那样更能激起国民的极度的愤慨，更能宣扬晓雷作为英雄的民族气节。

晓雷说给政府干活又怎么样？给外国老板干活又怎么样？我没觉得有什么不同。

陈村猛然地骂出了一句，他说我白白养了你这么大！一个是自己的政府，一个是外国的老板，你说怎么相同呢？相同在哪里？

晓雷也朝父亲板起了面孔，他说，那你说有什么不相同呢？

陈村说不同就是不同。你给外国的老板打工，他要是克扣了你们的工资，他那是对你们的剥削，你们当然要告他，你们要是不告他，他就会不停地剥削你们。可我们呢？

晓雷说我知道，你们是国家干部对不对？可国家干部又怎么样？国家干部就可以像老黄牛一样挤的是牛奶吃的是草吗？问题是你连该吃的草都吃不到，你不觉得你们可怜吗？晓雷觉得他没有办法与父亲再争论下去，他觉得他父亲的脑子太老实太傻了。他恨恨地骂了一句他父亲是一个傻蛋。他说我没看见哪里还有像你们这样的傻蛋。然后站起身往外边的黑暗里走去。

那个晚上的陈村又因此整整心疼了一夜。第二天早上，上不到两节课，就又烂渔网似的收缩在教室的讲台一角。而当晓雷把他弄到担架上，要把他抬到医院去的时候，他却死活不去。

他说我没有钱。

晓雷想说你不是国家干部吗？上医院治病还用得着你自己掏钱？但晓雷没有说。晓雷从腰里掏出自己的钱来。他说我给你出钱好了吧，一千？两千？全都由我来出，好了吧？

但陈村还是坚决不去。

他一看到晓雷手上的那些钱就心里发怵，他说你哪来的这么多钱？

晓雷说你管我哪来的，能治好你的病就是好东西。

陈村说，你不把你那些钱的来历说清楚，我不会用你的钱。用了我心里也得不到安宁。

因为本子上的那些数字，晓雷时常当着我的面，骂他的父亲是个傻蛋。我有些于心不忍，却又找不到更能说服晓雷的话，最后把真相告诉了他。我说你父亲他们的工资不是被人扣的，而是城里的教育局搞了一个教育勤俭服务公司，因为缺乏投资的资金，就把老师们的部分工资先拿去当作投资了,说是到年底的时候再还给他们,还同时付给投资的分红。

晓雷听完却又大骂了一声傻蛋!

晓雷说这样的事我听过多了,几乎每天都可以听到。他说工资是肯定会还给他们的,但分红肯定得不到。

我说,说好了的事,不会有人想反悔就敢反悔的。我说他们不敢。

他说怎么不敢?是我我就敢!到时我就说没有赚到钱,你们能把我怎么样?而实际上,他们自己早就肥得流油了。

我说什么事情都不能想得那么黑暗,要相信世界上还是有着好人的。

他说这年月你以为是哪年月?话说得最好听的人往往是最坏的人,你信不信?

我说我承认有坏人,但也不是那么绝对。

他说绝对当然不能绝对,但这年月坏人已经越来越多而不是越来越少,你不能随便相信谁是好人。

我对这样的晓雷感到不可思议,觉得无法跟他对话。

几天后一个月色模糊的晚上,晓雷拿着两千块钱突然敲开了我的房门。

他说他想出去一些日子。我问他去哪?他不肯马上告诉。他只连连地说了几次我想出去一下。

我问他你拿这钱是什么意思,是不是想让我转给你父亲?

晓雷点点头,他说如果他需要钱的时候,你就帮我给他,只是别说是我的就行了,好吗?他的眼光当时异常地纯净而感人。

我心里为此一热。我说好的。但他仍然站着不走。我知道他心里还有话要说。但不知道他想说的什么。我说还有什么事你就说吧，我不会随便告诉你父亲或别的什么人的，你完全可以信任我。

沉默了片刻之后，他抬起了眼睛，静静地凝望着我。他说有个事我想跟你说说，你看行不行。我说你说吧。他说，我想到城里去摸摸底。我没听懂他的话。我说摸什么底呢？他说就是我父亲他们的工资问题。我说你是担心他们有蒙骗的行为？他很肯定地点了点头。他问我你说呢？我为他的提问埋下了头去。我不敢贸然地回答。而当我抬起头来的时候，他的眼光还一直十分企盼地望着我。我不由又迟疑了一下。我说这事怎么说呢？他说你怎么想就怎么说吧，我想听听你的看法。我觉得这事情有点过于尖锐，而且容易叫人为之胆寒。可他却一直那样地望着我，等着我的回答，那模样就像秋天里守候在地坎上的小男孩。

我说这事最好是别管。

他的声音便突然地飞越而起，他说你怎么这样说呢？

我说，如果他们的行为真的带有某种蒙骗的性质，到时候总会有人去管理他们的，用不着我们去操这份心思。他问我，你说谁会去管呢？我说我不知道，但我想总会有人去管的。他为此低头沉默不语。我说，再说了，如果他们是真的为着老师们的利益着想的呢？他说我不相信。他说那些人首先想到的一定是他们自己，绝对不会是别人。我说你也是凭空想象的，你有什么理由吗？他说我是凭空想象，但我相信我的直觉。我说直觉这东西有时不一定就对。可他说，在这个事上，他的直觉一定是对的。我说为什么？他说道理很简单，因为老师们是最善良的，也是最怕事的。他说你别看他们都嘴巴顶硬的，真要是吃了什么亏了，往往只是嘴巴上说了一通，随后就死了一样吞往肚里，接着便不了了之了。我说反正这个事情不好弄。

我说你是真的要去了吗？

他说当然是真的。

我说那你有什么打算呢？

他没有告诉我。

也许，他本来是想告诉我的，而且想从我的嘴上得到一些鼓励性的东西，但是没有得到我的支持。

他说反正我有我的手段。

我一定让他们这些傻蛋开开眼界，他说。

我知道他那说的是他的父亲他们。

第二天早上，他一声不吭地离开了家，往城里闯去。

一个星期后的晓雷，在城里请人用电脑打了一份致乡下全体教师的公开信，然后买了一大扎的信封，蹲在旅馆里一封一封地装进去，然后一封一封地寄给乡下各地的中小学校的负责人。晓雷以一个乡村小学教师儿子的身份，措辞激烈地告诉所有的老师叔叔伯伯阿姨，他说你们的工资都到哪里去了？他把教育局的一些头头儿的新建的房屋地址，详尽地描写在给他们的公开信上。他说你们只要前来看一看，你们就什么都清楚了。因为那些房屋全都是漂亮崭新的楼房，有的两三层，有的竟达四层五层。他给他们留了一个聚集在城里的时间，那是一个星期天的中午一点，他说到时他负责带着他们到实地去参观参观，看一看他们的血汗是不是流失在了那些高楼的红墙白砖之中，看一看那些高楼里，有没有他们的工资伤心出没的影子。

晓雷的年纪毕竟与成熟还有着一段的距离，他竟然将那样的信同样地寄给了他的父亲陈村。信封上的收信人当然不是他父亲的名字，他写的是学校的负责人收，可他父亲的那个学校就他父亲一个人。也许，他曾事先想到应该回避他的父亲，后来却因激动便忘了所有的禁忌了。可以想象，他埋头抄写信封的时候，情绪是何等的激愤。

那封信到达村里的时候，却最先落在了我的手上。

那是一个阳光极好的中午，我从地里出来正走在回家的路上，迎面就碰着了送信下来的乡邮员。那是一个与我十分相熟的小伙子，因为每一个星期都有一封我儿子寄自瓦城的信。但那一天没有我的信。他递给我的只有陈村的那一封。他说你帮我把这信转给陈老师好吗？我说好的。他说那我就不到学校去了。其实那里距离学校已经没有多远。但他不愿多走。我说你放心吧。他笑了笑，说了一声辛苦你啦，转身就往回走了。

年轻的乡邮员在前边的大树后刚一消失，我就在阳光下把信拆开了。我并非事先想到信的内容。我只是猜测着那可能是晓雷寄给全县教师的什么信，因为那是一种普通的信封，任何来自官方的公函是绝对不会那样随意的，而且信封上没有任何具体的落款，只是潦潦草草地歪着"内详"两个小字。我想如果不是来自晓雷的信，陈村也不会怪我。因为那些日子里的陈村几乎都在我屋里吃饭。

看完信后我当即恐慌在了路上。一种说不出的胆寒在周身流窜。我想这小子看来要惹事了！但我想不出我该怎么办。我把那信收藏了起来。我不敢交给陈村。我担心陈村的那颗心承受不了，担心他看不到一半，就又烂渔网似的收缩在地上。

晓雷写在信上的那一天是四天之后。那四天在我的脑子里异常地漫长。

那四天里，我时常暗暗地看着陈村发呆。

等到第四天早上的时候，我却突然地受不了了。我的脑子乱哄哄地鸣响个不停。我想还是把信给他为好，否则，那晓雷真要出了什么事来，我无法对他解释。当时的时间是十点左右，陈村正要出门到山上弄回一些柴火。我说有封信你先看一下。他问什么信？我说看了你就知道。他便把信接了过去。我在旁边惊恐地望着他，我担心他会倒在地上。可是，看完信后的陈村竟然没有倒下。我只发现他的眼睛像在冒火。他闷闷地说了两句完了完了，这小子要完蛋了！然后丢下东西往门外飞奔。

陈村出门的时候，我仍愣愣地站在屋里，像置身于一场没有结束的噩梦中无法醒来，等到我随后追去的时候，陈村在前边的山路上早就没了影子。我担心怒气冲冲的陈村没有走到搭车的大路口，就把身子收缩在路边的野草丛里。可那天的陈村却跑得飞快。我追到大路口时，他已经抢先上车去了。我迟疑了半刻，也搭上了一辆小面包，紧张地往城里追去。

下了车，我直直地奔往晓雷指定的地点。那是城里广场一角的大榕树下。那棵大榕树早已阅尽人间沧桑，少说也有好几百年的历史了，上了年纪的人，都能说出下边发生过的无数惊天动地的事情。

但后来的情景却不在大榕树下。

可怜的陈村，双膝单薄地跪在大街中央，死死地拦住了晓雷和他身后的那群来自四下乡里的教师。

最初的跪下是什么样的情形，我不清楚。我在大街上急促地疾走着，前边的大街上突然被涌动的人群黑压压地堵住了。我心里琢磨可能是晓雷在前边出事了，就拼命地从街边钻了进去。当时的陈村，早已经结束了任何话语的表达，他只是瞪着两只血红的眼睛，伤心地凝视着眼前的人群和他的儿子。我的心里当时害怕得一塌糊涂，朝着跪着的陈村就扑了上去。我想把陈村扶起来，却怎么也扶他不动。我因此狠狠地瞪了晓雷一眼。晓雷没有说话，然后猛地转过了头去，愤愤地丢开身后的人群，朝大街的另一个方向独自走了，就像一头在丛林里穿越远去的黑熊。

跪在地上的陈村，就那么望着他的晓雷慢慢地走远，随后，他的筋骨里像是突然地被人抽掉了什么东西，整个身子猛然脆弱无比地颤抖了起来，就像废弃在荒地里的稻草人。

扶着陈村在大街上站立之后，我们找了一个僻静的酒家坐了下来。除了我和陈村，酒店里没有任何吃饭的人。但陈村却什么也吃不下，他只浅浅地喝了几口清凉的柠檬茶，然后说，他想去看一看他的晓雨。我说应该去的。他说你能陪我一起去吗？我说可以，先吃一点东西吧。但他仍然什么也不吃，摆在面前的筷子动也不动，好像我点在桌面的那些菜，全是摆在坟墓前的一堆供品。他吃不下，我又如何能吃呢？人心都是肉长的。就那么默默地坐了大约半个小时，只好离开了那个冷落而凄清的酒家。

那是一家很有档次的美容店，店名是请了城里有名望的书法家写的，一笔一画都飘逸着金黄金黄的光彩。

门是陈村推进去的。我跟在陈村的身后。但陈村没有开口问话。他的眼光只是长长地四下横飞着，找寻着他的晓雨。

　　美容店里却没有他晓雨的影子。

　　一个中年女人从里边漂亮地走了出来，她的亮丽确实让人吃惊，怎么看上去都知道她的年纪已经不小，但她的脸色却鲜嫩得像要滴水。她看了看陈村，然后把眼光停在我的脸上。她问你们找谁？陈村说我找晓雨。说完又添了一句陈晓雨。那女人立即呵了一声，眼光如水地流到了陈村的脸上。她说我忘了，你就是晓雨的父亲吧？陈村点了点头，他说是的我是她的父亲，她人呢？那女人说她没有告诉你吗？她已经不在这里了。陈村的脸面当即泛出了一层惊疑，他说她到哪里去了？那女人思忖了一下，然后回答说，她到别的地方去了。陈村说，是不是在你这里出了什么事了？那女人说那倒没有。陈村说那她为什么要到别的地方去呢？她说这个我就不太清楚了。她说，她是有她的想法吧。陈村问那你知道她去了哪里吗？那女人又思忖了一下，然后说这个我也不知道。陈村便示意着里边的那些女孩，他说她们知道吗？那些女孩的双手正在别人的头上或脸上各种各样地忙碌着。那女人便象征性地问了一声，谁知道晓雨去了哪个店吗？她的父亲来找她。女孩们都相继地摇着头，说她们不知道。陈村便长长地叹了一口气，然后低声地呢喃着这孩子这孩子，到哪里去了呢？看着陈村的那副样子，我觉得不好在里边多待，就低声地对他说，那我们出去吧。陈村木然地转过身子，就悻悻地走了出来。

　　刚跨出门外，里边的那个女人就又追了出来。她说你们先等一等。随后，一个女孩从里边抱出一个大包。那女人对陈村说，这是你晓雨的东西，你给拿走吧。

那是用席子包着的一床棉被。陈村后来告诉我，那就是他的晓雷离开师范时丢下的那床东西，他从师范出来后就把它给了晓雨，可他没有想到，他的晓雨也把它丢下了。

当时的陈村，心酸和气愤全都达到了极端。他看着那床东西迟疑了一下，没有上前接住。他对那女人说，我要她留下的这床东西干什么？他说我不要。

那女人说你不要我也不要呀，我要来干什么呢？

陈村说那你就给她丢了算了。

那女人说，要丢也你拿去丢吧，我要是丢了，她有一天突然来找我，我怎么给她回答？不知道的还会说我欺负了小工。

那是一个异常精明的女人，而现实对于陈村自然也是一个难处，我只好上去替他接住。我问陈村你到底还要不要？不要我就丢进垃圾桶里算了。捧着那一床沉甸甸的棉被，我有一种捧着晓雨的感觉，我的心里也是无比的愤慨。

陈村却望也没有多望，他说丢吧丢吧！你帮我丢了吧。然后伤心地走了。

从城里回到家中，陈村突然之间像是变得无脸见人。他的头上，仿佛被什么沉重的东西死死地压迫着，走路的时候总是抬不起头来，眼见就要碰着前边的人时，才呵呵呵地亮出几声莫名其妙的歉意，抬起的半张脸转眼就又埋没了下去。直到有一天，他又突然烂渔网似的收缩在了教室的一角，我才突然想起，在城里的那一天，应该到医院给他买些药物。第二天正碰着是个好天气，我就进城给他买药去了。

医生问我是什么样的心病。我说我说不清楚。我说，反正一旦受到什么打击，他的心只要想不过去他就会随即感到心痛，就会像一张烂渔网似的收缩在地上，跟着就要随时死去的样子。我极力把他的病情说得重一点，我担心没有替他拿到好药。医生说这样的病需要检查，你应该叫他自己来。我说，我是因为他自己来不了我才替他来的。医生说没有看到病人，我知道怎么给你开药呢？我说你就给他开一些吃进去马上止痛的药吧。医生见我磨着不走，就说那就开一些西药吧。我说西药容易止痛吗？医生点了点头。他说好吧，那我给你开一些吧。我说要开就多开一些，到城里一次不容易。医生说那你看开多少钱合适呢？我说只要是治心痛的药你都开一些吧，这样吃不好再换一样吃。医生说那要花不少钱的。我说六七百七八百够不够？医生就很奇怪地望了我一眼。那医生的心思当时十分好懂，既然有钱就给你多开一些吧。他说那就给你开八百块左右吧。说完低下头去，乱七八糟地写了好几张药单。取药的时候，拣药的姑娘也禁不住瞪大了双眼，她说你是开药店的吗？

我没有回答她的话。

看着一大堆的药物，我心里却是十分地清楚，我知道陈村最最需要的，其实并不是那堆东西。这些东西除了给他暂时性的止疼，不会带来任何根本性的希望。

也就是那天，我替陈村又跑了一趟那家美容店。一个二十出头模样的女孩，看着我把晓雨的父亲说得十分的可怜，就好心地把我带到了门外的一棵大树下。她告诉我，说是晓雨早已经给别人当包身女去了。

晓雨所当的包身女，不同于那种蝙蝠一般出没在娱乐场所里的色情女郎，她是一次性地投进了一个男人的怀中。那男人是一个外来的老板。他给她在湖心别墅里租了一套商品房住着。出门的时候就把她带上，不出门时就让她留在屋里，然后时不时地往她的床头拨回一个电话。听那女孩叙述的时候，我的脑子里当即闪过一种花花狗，狗的脖子上紧紧地系着一串不时发出响声的铃铛。那女孩说，其实那样的日子比在美容店里好不了多少，但晓雨情愿那样。人的所有的问题都在于"情愿"二字。

我谢过那位姑娘，叫了一辆三轮，就独自摸到湖心别墅去了。

那里并不是什么湖，而是一个很大的水库，在城郊一个不到四里路的地方。那水库是毛主席活着的时候号召修的，当年的老百姓们整天高举着红旗，学着愚公的精神，为毛主席的号召日夜奋战，他们为的是子孙后代不为水的问题而诅咒他们无能。但他们没有想到，他们给后人解决的不仅仅是水的问题，同时也给了后来的人们开发一些新的生活提供了许多的方便。水库里浮着几个永远不被淹没的山坡，山坡上，被聪明的人们建造了好几个大小不等的酒家、旅馆和别墅。但谁都知道，那样的地方没有钱的人是进不去的，只有有钱的人才能在那样的地方，玩出一些别人做梦都玩不出的故事。

可我没有找到晓雨。

一位牵着小狗正在溜达的姑娘，也许是心里正郁闷着没有人跟她说话，远远地就把我拦在了别墅前边的卵石道上。她问我你是在找人吗？我说找一个叫作晓雨的姑娘，知道她住在哪吗？她便轻轻地呵了一声，然后告诉我两三天前晓雨已经退掉了房子了。那是一个长得比晓雨还要漂亮一些的女孩。无须猜测，也是被人养在那里的。我说这不是好好的吗，又清静又有风景，而且空气这么新鲜，还有哪里比这里更好的呢。她说好是一回事，晓雨退掉房子是另一回事。我问她是因为什么呢？那姑娘说，她被她哥哥发现了，她哥哥追到了这里来，所以她只好悄悄地走了，到别的地方去了。我说既然情愿做了这种事了还怕什么呢？那女孩的眼光就十分地奇怪起来。她说瞧你说得轻巧，谁活在世上不是要脸的呢？她说不管做什么，只要还是人，就都是要脸的。最后，她还说了我一句，她说这种事你不会懂的。她说我不懂，于是就悻悻地往前遛她的小狗去了，一副后悔跟我说话的样子。

回来后，我没有告诉陈村。

我不敢告诉陈村。

买回的药就堆在床头的桌面上，可陈村吃不到多少，遭遇就又随风来到了头上。

那是一个飘着细雨的星期天，我正在地里忙着活路，陈村抱着一大堆的作业本和课本，突然朝我踉踉跄跄地奔来。我猜不出他那是因为什么，他还远远地没有走近，我就朝他走出了地里。他没有马上对我说话。他把身上的塑料布拿下来，包着捧来的一大堆作业和课本，放在我的地头上。

我说出了什么事啦？

他说晓雷这孩子，出事了。

那些日子里，我已经很久没有听到他把晓雷称之为这孩子了，他每次说起他的时候，总是把他骂作那小子或者这小子。

我说出了什么事啦？

他说，这孩子跑到一家煤场打工，在煤井下让瓦斯给烧了。

陈村的身后跟着一个煤场的来人。那人说，昨天吃过晚饭，他和晓雷两人要到一个小窑井下弄一个小水泵上来，井是晓雷先下的，他还在上边撒尿，晓雷就在下边出事了。他说，他没有想到晓雷的身上竟然带着火机和香烟。陈村的嘴里便不停地嘟哝着他的晓雷，他说这孩子就是不听话，说是晓雷从广东打工回来的那些日子里，晚上也是时常地躺在床上烧烟。他曾担心地劝过他，要烧你到外边烧，你别在床上烧，要是烧了蚊帐，烧了房子你怎么办？可你知道他是怎么说的？他对我说，烧了就烧了，你喊什么喊！这孩子这孩子，他就是这样！

话是这么说，陈村的脸上却是忧伤遍地，泪水一片模糊。

我说那我跟你一起去吧。

他说你就别去了，你在家里代我上一两天课吧，好吗？

我给他点点头，从头上摘下帽来，戴到他的头上。他却不要。他就那么光着头，跟着那个煤场的来人走了。

躺在医院的晓雷却断断续续地告诉他的父亲，说他是被人谋害的。他说，他并没有带着火机和香烟。陈村说那瓦斯怎么会爆炸呢？晓雷说瓦斯爆炸是因为火机的事，但他身上的火机和香烟不是他的。父亲说你身上的火机不是你的是谁的呢？晓雷说，我说的你不明白吗？我是被人谋害的。陈村说你别乱说话，谁会害你？害你干什么呢？晓雷告诉他的父亲，说是那个煤场的老板是教育局长的一个远房外甥，那是一个外乡人，他的那个煤场，用的就是教育勤俭服务公司的名义。晓雷说，你们的工资最初就是跑到那里去的。

那是一个很大的煤场，在城外二三十里远的一个野坡上。陈村为着晓雷留下的一些东西，第二天往那里去了一趟。临走的时候晓雷告诉他，说是他的火机和香烟就放在枕头下边的干草里。另外，他还在下边藏着一个小本子，里边记着许多有关煤场和局长们的事情，他让父亲一定好好地寻找。他说，等你拿到了你就什么都明白了。

晓雷的床铺下垫着厚厚的一堆干草，可是陈村几乎翻遍了每一根干草，却丝毫不见任何晓雷说过的东西。

直到他守候着晓雷的第三个晚上，才突然收到了一包东西。

那是值班的护士转给他的。护士说，是一个中年人送来的，说是煤场来的一位民工。而当陈村追出去的时候，那人早已经没有了影子。

当时的时间已是深夜临近两点。

那一包东西里，藏着有一张字条、一个火机、一包烧了一半的红塔山香烟，还有，就是一个写字本。写字本上的字迹告诉陈村，那就是他晓雷的本子。

但那字条却是别人写的。

字条上的字歪歪扭扭地告诉陈村，说那些东西是他在晓雷刚被抬上煤井的时候，抢先在枕头下拿到手，然后收藏起来的，因为晓雷每一次下井，他都发现他把身上的火机和香烟收在枕头的下边。他想晓雷的被烧肯定不是他自己的事情。

陈村的眼睛，在那一个后半夜里被愤怒烧得血红！

晓雷死于第四天临近黄昏的时分，煤老板请了医院的车子，要把晓雷拉去火葬场火化，可陈村死活不给。他坐在太平房一旁的石头上，给教育局长写了一张十分简单的字条。他希望局长能到他儿子躺着的太平房来一下，他有话要对他说。他想那个煤场老板之所以有着那么大的胆子逞凶作恶，全都是因为他这么一个局长在后边撑着。他在太平房的旁边，找好了一块尖利的石头，放在他晓雷的身边，他想等到局长来到他晓雷身边的时候，就猛地砸死他。

那张字条，是求了一个年老的女护士给他送去的。

但谁也不会想到，没有等到局长的到来，陈村却把那一个本子给烧掉了，原因是他突然地想起了一件有关一千多块钱的事情。

那是他妻子要出院的那一天。他妻子的住院，一共花了三千多元，可他把屋里能卖的都卖了，还不到两千。他没有办法，只好去找局长，请局长让局里帮点钱算是照顾照顾。可局长告诉他，你缺钱我们可以想办法帮你，但局里不能出这个钱，也没有这个先例，要是给了你陈村，以后别的人也有了这样的困难，局里就不好做事了。局长说完就从自己的钱包里掏出了所有的钱来。局长的钱包里当时只有八百多，而陈村的妻子欠下的医疗费则是一千六百三十八块八毛。陈村说，医疗费医院一分也不让少。局长便带着他一个办公室一个办公室地走，让办公楼里的干部们，能帮多少就帮多少，有的给一百，有的给两百，有的只有不到十块，也整整齐齐地塞到陈村的手上。陈村便一个一个地给他们不停地叩头道谢，满眼的泪水不停地跌落着，从这个办公室的门口一直滴到另一个办公室的角落。

我对陈村说这可是两码事。

陈村说，事是两码事，可是人的心却就那么一颗。

我说你儿子都被别人害死了，你怎么还有那么多的良心留着干什么呢？我说你想告他们谋害了你的晓雷，你不留下那一个本子你怎么告他们呢？陈村说谋害晓雷肯定是煤场老板，留着那一个本子也告不倒他局长的。大不了因为那煤场老板是他的外甥，而把他的局长给撤了，那又怎么样呢？他原来就是在别的地方犯了错误才调到教育局来的。

陈村他们的局长确也不是平庸之辈。他也许早就看透了陈村的这一点，依照平常的想象，看了那一张纸条之后，他是不会来的，可他偏偏来了，而且就他一个人。他在太平房里看了一眼死去的晓雷后，便回头问了一声陈村，你不是说有事要跟我说吗？陈村苦着脸指着刚刚烧在地上的那一个本子，对局长说，那是我晓雷在煤场上记下的，我已经把它给烧了。

局长眨了眨眼，当即就明白了陈村的意思，但他仍然蹲了下去，捡起地上的一根树枝，十分认真地翻看了一遍那个已经烧成了一团黑灰的本子。

陈村最后对他说，还有一个事我想让你给帮个忙。

局长说，说吧，什么事？

陈村说，我的晓雷告诉我，说是他的妹妹晓雨跟了一个不知哪个外地来的老板，租了房子住在湖心别墅里，那地方不是我能随便去的地方，我也不想去，可我想，你一定是时常去的，你就当是我求你帮的，你抽个时间帮我去问问，看看她那跟的是个什么样的人，帮我劝她回家去，你就说她的哥哥已经不在人世了，家里如今就剩了我和她两人，希望她回到家里，你就说我不能没有她。

局长点头答应了他。他说你还有什么需要我帮忙的吗？

陈村说没有了。

局长说，车子他们帮你联系好了没有？

陈村知道局长说的什么，他回答说联系好了。他说天黑后车子就过来。

局长说了一声那你多保重身体。说完就转身回家去了。

陈村根本没有叫过车子。他也不想把自己的晓雷送去火化。局长走后，他独自蹲在晓雷的身边，再次无声地痛哭了一场。天黑之后，就背起了他的晓雷，踉踉跄跄地走回了往山里的路上。

死人是比什么东西都要沉重的，何况那是他自己的儿子！

那夜的月亮却是十分地明亮，但夜里的路，却是十分地遥远。陈村就那么背着，或者说是拖着，一步一步地走着。

走累了，他放下他的晓雷，自己坐在路边歇歇，但他总是让他的晓雷把头冰凉地枕在他的膝盖上，好像他的晓雷也仅仅是累了然后枕着父亲的身子歇下。那个晚上，他说不清在路上歇了多少次。他离开太平房的时候，月亮就圆圆地升了起来了。在陈村的脑子里，那月亮是一直地跟着他的。每次坐下来的时候，他总是眼光蒙眬地望着天空，那月亮就总是静静地停在他的头上，像是在等着他，好像它知道天亮前他是回不到村上的，它得慢慢地陪着他走。

然而，没有等到陈村把晓雷拖回到村上，两个不知冒自何处的歹徒，就在半路上把他给劫了。那是从前边的路上走来的两个黑影，当时的陈村正靠着路边的一块石头歇着，正点燃着一支他的晓雷没有烧完的那一包香烟。那是一包红塔山的香烟。也许那两个黑影一下就闻着了烟的味道非同寻常，他们在几步外的地方停了下来。

在明朗的月光下，歹徒的眼里当然不是一个人。所以他们喝道你们是干什么的？

但陈村没有回答他们的话。他的心当时已经完全地麻木，他望了他们一眼，依旧不停地烧着他的香烟。那样的香烟他从来没有烧过，就连摸都没有摸过。他只知道那样的香烟在乡下是卖十四块钱一包的。

歹徒在他的面前早已摆出了架势。他们的手里都分别拿着铲子。陈村想，他们也许是要去哪里盗墓的，或者是从哪里盗墓已经回来。或者，是从哪里干活回家去的山民？他们接着问他身上有没有钱？有钱就快点拿出来，要不就对你们不客气了！陈村的身上当时有钱，但他没有想到要交给他们。他只是麻木地望着他们一味地烧着他的香烟。那两个歹徒便不再说话了，挥着铲子就朝他扑了上来。陈村的头部被飞来的铲子像是捅着了一下，当即就昏了过去了。

等他醒来的时候，月亮竟然还在头上，他的脸上流着血，他的晓雷被推翻到了一旁的地上。陈村努力把他的儿子从地上扶起来，但却如何也背不动了。刚要站起的身子，晃了晃就又无情地倒了下去。

最后，他只好把晓雷埋在了石头后边的一个窝坑里。那两个歹徒把他身上的钱全部掳走了，他们只给他丢下了那两把铁铲。陈村说，那两个歹徒肯定是文盲，不是文盲是不会将那铁铲丢下的。

陈村依靠着一把歹徒的铁铲，一步一撑地回到了山里，他每每经过一个村头，都把看到的人吓得大惊失色。他们的目光全都惊讶无比地落在他的头发上。在他们的记忆里，他们的陈老师，头发可是黑的，但他们看到的却是白花花的一丛！他们都纷纷地走到路上来，都像是在怀疑那不是他们的老师陈村。但谁都没有作声。谁都没有挡住陈村的路。当陈村走到面前的时候，他们又悄悄地站到了一旁，一动不动地看着陈村摇晃着那一头白花花的头发，从他们的眼里一步一步地往前走去。陈村不知道他们的眼睛盯着的是他的头发。他想人们那是在同情他，可怜他。因为他已没有办法站直身子，他每往前迈出一步，都得依靠铁铲的帮忙。

当时的时间已是下午，吃过午饭的学生正走在回学校的路上。一个很容易流泪的女学生禁不住哇哇地叫喊了起来。

她说陈老师，你的头发怎么全白了呢？

陈村这才猛然地站住了。他惊奇地看着那位女同学。他说你说什么？

那女学生又重复了一句说是你的头发。

陈村问你说我的头发怎么啦？

她说你的头发全白了。

陈村赶忙丢掉了手中的铁铲。他双手深深地插进了头发的深处，他只是轻轻地一抓，那指缝间的头发就像长在沙地里的野草，毫无疼痛地离开了他的脑壳。被他抓下来的头发，他说不清有多少根，但很少有几根保留着原有的黑色。

陈村的眼睛不肯相信。

陈村的心也不肯相信。

那头发是在哪一天的夜里突然变白的，还是一夜一夜慢慢地变白的？陈村一点也说不上来。他只知道，前前后后仅仅只是五个晚上！

就在那天晚上，陈村说他的心已经完全地干枯了，干枯得就像一片被太阳烘干了的树叶。

后来的每一个晚上，陈村都被同情的人们围得喘不过气来。所有的人都用自己的声音反复地给他壮胆，都苦苦地求着他一定要给晓雷告状，这样的状不告，就永远也对不起冤死而去的儿子。

　　本来，我也是有些看透了陈村的，我觉得让他去给他的晓雷告状，无异于是叫他双手捧着他的心，就像捧着一片树叶去接受火炉的烧烤。陈村有生以来就不是那样的人。陈村经不起那种折磨。但最后，我还是不得不劝动了他，我说有这么多的村人帮你说话，你就去吧。有一位都快走不动路的大爷，从家里牵来了一头大水牛，说是拿去卖了，然后用钱陪着陈村一同前去。我把晓雷给他留下的两千块钱拿出来。还另外给他添了三千，我说你还是去吧，不去你的心将会永远无法安宁。

　　陈村迟疑了几天几夜之后，最终在一个满天飘洒着细雨的早上迈出了家门。那一天是一个星期天，四下村里的孩子们，全都拉着他们的家长，一大清早就纷纷地跑到了陈村的家门口，拥护着陈村一步一步地走出村头。人们想把他一直送到搭车的那个大路口，但陈村坚决不让。刚刚走出村头，陈村就把人们给拦住了。

　　他说你们别送了，别送了好吗？

　　陈村的眼神就像那迷茫而凄楚的天空。

　　人们只好战战兢兢地停下了脚步。

　　就连我，他也不让送。

　　他闪着那双迷迷蒙蒙的泪眼对我说，孩子们上课的事就让你辛苦了。

　　我没有说话，我只是替他拉了拉披在身上的塑料布。

　　他转过身就慢慢地往前走去。

　　村头上那是一个高高突出的土台，人们拥挤在那个高高的土台上，目光聚集成一片，随着陈村的身影，慢慢地往前移，呈现着一种少有的庄严和凄楚。

走去的陈村没有多远就迎面碰上了几个人。

那是一条干涸了的河床上边。

迎面走来的人里，有几个是穿着绿衣绿帽的警察。他们与陈村对面地站在河床上，不走了。

村头的人们想不出是怎么回事，声音乱七八糟地猜测着。可是，没有等到猜出结果，陈村在人们的眼里突然晃了晃，像一根枯朽的树桩倒在了脚下的河床上。

村头的人们哗的一声轰动，牛群似的朝着陈村跑去。

那几个警察是前来抓晓雷的。说的就是他在广东打工的时候，打死了那名姓杨的采石场的老板。

倒身在河床上的陈村就那样再也起不来了！

那是一条曾经在岁月里流水汹涌的河，可是这几年，河里的水渐小渐小，最后竟没有了。警察们都觉得很是奇怪，都以为陈村是脚下没有站好而滑倒的。因为河床上的卵石，早被细碎的雨水淋得湿滋滋的。

◆◆◆

上午打瞌睡的女孩

我的遭遇是我的父母造成的。

首先是我的母亲,因为她偷了别人的一块脏肉。

那块脏肉并没有多大,听说也就三两多四两的样子。那是一个早上。那个早上下过一点小雨,地面有些脏。那块脏肉是怎么掉地的,那卖肉的大婶自己也不清楚,听说她还来来去去地踩过了好几脚,捡起的时候,她曾吹了几吹,可怎么也吹不干净,便丢在了桌子的一角,那是一个不太干净的地方。在她想来,那样的一块脏肉,谁还会掏钱呢?

我母亲也是这么想的。

所以她看到那块脏肉的时候,心里嘭地跳了一下,就站住了。

母亲想,只要把水龙头的水开大一点,或许是可以洗干净的,就是洗不干净也没关系,下锅的时候少放点盐,多淋一点酱油就什么也看不见了。

母亲的手里当时拿着一把菜花。她看了一眼那位卖肉的大婶,发现她没有注意她,就把那把菜花悄悄地放在了那块脏肉的上边,然后挤在别人的身后,装着也要买肉的样子。她当然装不了多久,她的心当时相当地紧张，等到那位卖肉的大婶忙着给别人割肉的时候，她马上把那块脏肉抓进了她的菜花里。可她没有想到，有一个人早就把她看在了眼里。那个人就在她的身后，也是一个卖肉的，但他没有把她喊住。如果他当场喊了一声，也许就没有了后边的事了，因为母亲可以说，她是无意的，她只需要把那块脏肉放回桌面上，就了事了。可是那人没有吭声，他让我母亲把肉偷走，他说他最恨的就是偷肉的人，所以他让她把肉偷走，他要等着她的好看。我母亲走出五六步的时候，他才抓起了自己桌面上的一根腿骨，朝那位大婶的桌面丢了过去。那是一根很大的腿骨，落下的地方就是那块脏肉被抓走的地方。骨头落下的声音惊动了那位大婶，她跟着就尖叫了起来，她说谁要你的骨头啦，拿你的走！她以为他在跟她戏耍。听说没人买肉的时候，他们也时常无聊地闹些那样的事情。那位大婶抓起那根骨头就要朝他扔回来，就这样，她发现她的那块脏肉不见了。

随后发生的事情，谁都可以想象。

那位大婶举着那把割肉的尖刀，从桌子后愤怒地跳了出来，朝我的母亲扑了过去。

母亲出事的当天，我很丢脸，也很气愤。

我曾气冲冲地走到她的床前，我说妈，你是不是吃错了什么药了？

母亲居然没有明白我的意思。她两眼傻乎乎地望着我，她说，她没有吃错什么药，她什么药也没有吃过。

没吃错药你为什么要偷别人的肉呢？我说。

母亲这才把脸塞到了枕头的下边，背着我呜呜地哭了起来。

我当时也哭了。

可我说：哭有什么用呢？我说我爸爸知道了你怎么办呢？

那些日子里，父亲的脾气本来就不是太好。他总是天亮出去，天黑了才回来，脸色总是灰突突的，像是整天到处碰壁的样子。母亲曾不止一次地问过他，你整天都在忙些什么呢？父亲一听就两眼冒火，他说干什么关你屁事？你以为活路就那么好找吗？母亲听了当然难受。母亲觉得，不管活路好不好找，你总要尽快地找到才是道理，因为你是这个家的主子。母亲说，家里要过日子，不能老是没有钱呀。就为着这样的话题，他们时常吵到深更半夜，吵得我也常常睡不好觉。

可怕的事情就这样跟着来了。

那是母亲偷肉后的第五个晚上。父亲可能是那天才听到的。那天晚上，我们家吃的是麻辣豆腐，那是我买的，也是我烧的。我一共买了三块，一人一块，每块五毛，母亲给了我两块钱，我把五毛还给了母亲。父亲却望都不望我煮的那碗麻辣豆腐，他一口也不吃，他只埋头扒着他的饭。父亲的饭量原来是每餐一两碗的，但那些日子里，已经改成每餐三四碗了，也许是因为没有肉，也许是因为整天地在外奔波。但那天晚上，他只扒了两碗就停住了。我知道情况不对了，就悄悄地也放下了碗来。望着父亲那只空空的饭碗，我心里也空空荡荡的，我那是心里发慌。

母亲跟着也停了下来。

都知道父亲要愤怒了！

但谁也不会想到，父亲竟会拿碗当作发泄的对象。

父亲突然站了起来，咣的一声，把自己的饭碗砸在了地上。那些破碎的碗片在灯光下到处乱飞，吓得我们赶忙往后站了起来。

我看见母亲的身子不停地哆嗦着,样子异常可怕。

父亲随后又摔烂了两个。一个是菜碗,一个是母亲的饭碗。随着咣咣咣的震响,屋地上到处都是破碎的碗片,还有饭,还有那些我烧的豆腐。奇怪的是父亲没有一句骂人的话。父亲当时还想摔。剩下的那个碗是我的,可我没有给他,我把碗首先抢到了手上。

我的饭还没有吃完。吃完了我也不会给他。

父亲在桌上扑了个空。但父亲的愤怒却没有完,他猛地飞起了一脚,把饭桌踢翻在了地上。

那个晚上,除了母亲呜呜的哭声,屋里没有人说过一句话,就连轻轻的一声咳嗽也没有。一切都默默地发生着,又默默地承受着,直到凌晨五点左右的时候。父亲可能是一夜都没有睡着,他早早地就爬起了床来,把屋里的灯开得通亮。我是被灯光惊醒的。我的眼睛刚一睁开,就看见父亲背着一个很大的行李包,走到了我的床前。父亲像是要跟我说句什么,我耸着耳朵听着,却什么也没有听到。父亲站了一下,伸手在我的头上摸了摸,就转过了身去。就在这时,母亲出现了,她噗的一声跪在我的房门口上,把父亲的路给堵住了。

母亲的情景让人心碎!

我在床上坐了起来。

母亲跪在地上呜呜地哭着,哭得比晚上更加要命。

母亲说你想丢下我们不管了吗?你能告诉我们,你要去哪儿吗?

父亲没有回答。

父亲只是恶狠狠地吼了一句,你给我滚开!

母亲没有滚开。母亲跪着不动。

母亲说，你就这样丢下我们，我们怎么办呢？

父亲说怎么办你还用得着问我吗？

父亲说你可以去偷呀！

父亲说你不是会偷吗！

父亲说，不都说你是工程师吗？你脸都不要了你还不知道怎么办吗？

说完，父亲抬起了他的长腿，从母亲的头上突然跨了过去。

看着父亲的那两条长腿，我一时惊呆了。

父亲怎么能从母亲头上跨过去呢？我觉得父亲不可以这样的。蹲在那里的母亲又不是路上的一堆粪便，怎么可以这样跨过去呢？母亲只是偷了别人的一块肉，那是她的不对，可她不是粪便呀？她偷了肉你可以愤怒，你可以把她推往一边，可你怎么从她的头上跨过去呢？

我心里说，父亲是不是也吃错了什么药了？

我的眼里忽地流下了一串串的泪水。

母亲也被吓傻了，她就那样一直地跪着，哭着，她没有想到就因为那三两多不到四两的脏肉，竟然要付出这么伤心的代价。直到我父亲的脚步声在楼道里完全消失的时候，她才突然地站了起来，把我从床上愤怒地拉下。

她说你还坐在床上干什么，还不快去把他追回来。

她说，你不想要父亲啦？

我的脑子轰的一声，头皮都炸了。我光着脚就往楼下追去。那时，天还没亮，长长的楼道里，被我跑得咚咚地震响。有人以为是不是谁家闹了歹徒了。有时我就想，真要有歹徒进了我们家里，结果也许都不会那么让人伤心。我后来没有追上我的父亲。父亲早已经不知了去向。我不知道他到底去了哪里。我在楼脚下孤零零地站着，一直站到了天亮。

那天早上，我的脑子里全都是父亲的那两条长腿。

我的家从此变得阴沉沉的。

母亲动不动就问我，听到你父亲的消息吗？

我说没有。事实上也没有。

母亲说，碰上认识的就问问。

我不敢问。你说我怎么敢问呢？

我说问了又能怎么样呢？

母亲就愣在那里，似乎被我的话给问住了。

但她总是告诉我，我们不能没有你的父亲，他要是死不回来，我们怎么办呢？

母亲说完总是呆呆地坐在沙发上，觉得自己真是该死，她说我为什么要偷那一块脏肉呢？你说我为什么要偷呢？我真是该死呀！

说多了有时我也不想听，我只好求她，我说妈，你别说了好吗？

她只好默默地闭上了嘴巴。

母亲的身子本来就不是太好，这样一来，就一天一天地蔫了下去。有时，我已经放学回家，她还半死不活地躺在床上。她说饭我还没煮呢。我只好直直地走进了厨房。

菜可以没有，饭总是要吃的呀！我们哪能因为没有了父亲就不吃饭了呢？

不久，也许是一个月吧，也许不到，母亲终于听到了父亲的消息。

母亲是在买菜回来的路上听到的。母亲那天去的是南门菜市。她买的不是青菜，也不是豆腐，而是一小袋的萝卜干。那萝卜干其实也是挺不错的，只要多放一些辣椒粉，吃起来还是很下饭的。她提着那小袋萝卜干正往回走，突然碰着了一个人，那是他们原单位的老李。老李已经好几次看到她买萝卜干了，但往时他没有作声，只是对她点点头就过去了，这一次，他却犯了病似的突然尖叫起来。他说你怎么还整天地就买这个呀？母亲想把萝卜干收到身后，但已经来不及了。母亲的脸色一下就红了起来，她把那袋萝卜干紧紧地捏在手心。她对老李说，有什么办法呢？老李就又尖叫了起来，他说他不是回来了吗？我母亲一愣，她知道老李说的是我的父亲。本来，她是想尽快走过去的，这下就突然站住了。她说你说什么？老李说寒露她爸爸不是回来了吗？我母亲惊奇地摇摇头。她说什么时候回来啦？连影子都没有回来过。老李就说回来了，他早就回来了！

我母亲说是你看到的？

老李还是不肯相信，他说他真的没有回过家？

我母亲又摇了摇头。

老李连忙把我母亲拉到了路的一边。他说我告诉你吧，他现在有钱啦！他就住在瓦城饭店的老楼里，跟四川来的一个妓女住在一起，已经住了五六天了。

听他这么一说，我母亲眼睛一黑，差点倒在了地上。

母亲说是你看到的？

老李说当然是我看见啦，他还给我烧了他的烟呢，你知道他现在烧的什么烟吗？他发了财啦！我母亲说，你不要骗我。老李说我骗你干什么呢？你说我骗你干什么？我母亲还是有点不敢相信，她说他怎么会发财呢？老李就说，他不发财他怎么敢跟那些妓女住在一起呢？你知道那些妓女一天要收多少钱吗？我母亲不知道，我母亲好像从来没有听别人说过。老李便告诉我的母亲，他说每一天最少三百块，没有三百块她只给你摸一摸，她不会给他包房的。

母亲像被重重地敲了几棒，呆呆地站在马路上，半天走不动路。她想马上跑到瓦城饭店的老楼，去看看我的父亲是不是真的回来了，可她不敢。晚上炒萝卜干的时候，她也忘了放上辣椒粉了，我还以为是没钱买了，也没有作声。慢慢地咽完了两碗饭，就忙我的家庭作业去了。母亲吃完饭便一直坐在饭桌的旁边，碗也不收。我问她妈你怎么啦？她说快点做你的作业吧，做完了我告诉你。我说什么事你说吧。她却坚决不说。

偏偏那个晚上的作业又是特别地多。

我们来到瓦城饭店的时候，都深夜十二点了。

瓦城饭店的总台却没有我父亲的住宿登记。

瓦城饭店的老楼一共四层，哪一层的楼道上都是空空荡荡的，就连各个楼层的服务员都不见踪影。我们上了一层是空的，再上一层，还是空的，我们上去了又下来，下来了又上去，就是碰不上一个人。我想喊一声父亲你在哪里，母亲却说别喊。她怕别人骂，怕别人把我们赶走。

望着空荡荡的楼道，我说那我们怎么找呢？

母亲便拉着我，将耳朵紧紧地贴在房门上。她说看不到人我们就找他的声音。她说我父亲的呼噜声，她到死都能听得出来，她不信我父亲跟了那些女的睡在一起就没有了呼噜了。第一个房没有，我们便听第二个房；第二个房没有，我们就听第三个房，一个房一个房地听下去。有的房间有呼噜的声音，有的房间却没有；有的房间里有人还在说话，有的房间连说话的声音都没有，只有一种很奇怪的响声。

没有哪一个呼噜像是我父亲的呼噜。

母亲说不可能。她说只要他打呼噜，我不可能听不出来。

母亲说，他可能还没睡。

她说你有没有听到他还在说话？

我摇着头。我当时有些困了。我说听不出来的，我们回去吧。

母亲却不动，她的眼睛突然盯着房门上的天窗。她说我们从天窗往里看一看吧。

望着那些高高的天窗，我说怎么看呢？

母亲扫了一眼空荡荡的楼道，我知道她想寻找能够垫高的东西。但空荡荡的楼道里空空荡荡的。我说算了，我们先回家吧。母亲却突然拉了我一下，她说回什么回？然后把身子蹲在门边。她说你站到我的肩头上来。

我想这怎么行呢？看着母亲那瘦弱的身子，我就感到害怕。我怕一脚就把母亲的腰骨给踩断了，就像咔的一声踩断一块脆弱的玻璃。

我连忙说，不行的，妈！

她却将手扫过来，把我的腿拖了过去。

她说别啰唆，上来吧。

可我的脚刚刚踩上去，第二只脚在空中还没有落下，母亲的身子便猛然往前一倾，咚的一声，脑门儿撞在了前边的门板上。

我们俩当时都吓慌了。我们收缩着身子，谁都不敢作声。我们怕惊动了屋里的人。但屋里却没有任何的反应。

过了一会儿,母亲又把身子蹲到了门边。

我说不行的妈。

她的脸便突然要愤怒的样子,她瞪着我,连话都没有再说。

我只好又慢慢地踩到了她的肩头上。

这一次她先紧紧地抓住了门框。为了减轻母亲身上的重量,我也紧紧地抓着头上的门框,把身子极力地往上托,但母亲的身子总是往下一沉,沉得我心慌慌的,好像好久好久,她才顶住了,然后很吃力地把我往上顶着。大约只顶了十个天窗,母亲就顶不住了。她突然地哼了一声什么,我还来不及问她怎么回事,我们就一起重重地倒在了地上。

楼道上的灯光不是很亮,也不是很弱。

我们坐在地板上像两个可怜的小偷。

我说妈,我们还是回家吧?

母亲却没有回我的话,她眼睁睁地看着我,然后突然地对我说,露露,你蹲在下边可以吗?

我当时一愣,我的心好像嘭的一声,落进了一个可怕的深渊。

我望着母亲说不出话来。

母亲说试一试吧好吗?

她说你不用站起来,你蹲着就行了,妈比你高,妈就站在你的肩膀上,好不好?

不好又有什么办法呢?

我想不出母亲还能有别的什么办法。

我没有作声，我咬了咬下唇，就朝门框边蹲下了身子。刚开始我没有多少吃力的感觉，我紧紧地抓着身边的门框，蹲到第五个第六个的时候，腰骨里就有了一些不同了，开始好像只是有一些难受，慢慢地，就发热起来了，就像有一条毛毛虫爬在腰骨的肌肉里，又热又辣。我发现只是咬住下唇已经没有用了，我就暗暗地咬起了牙来，咬得咯咯地响，但心里却对自己说，踩吧踩吧，只要能找到父亲，母亲你就是把我的腰踩断了，我也会忍住的。

但泪水却怎么也忍不住。

我的泪水在暗中悄悄地流着，流了一个房门又一个房门，但母亲却一点都没有发觉。

那天晚上，我们当然没有找到。

回到家的时候，差不多凌晨两点了。上床后我对母亲说，天亮的时候别忘了叫我。我担心我起不来。但第二天早上，没有等到母亲的提醒，我就自己爬起来了。

我怕迟到。

就是那个早上开始，我的脑子里出现了一种昏昏沉沉的东西。因为那种昏昏沉沉的东西，我的眼睛老是不太听话，老是有点黏黏糊糊的，第一节课也还顶得住，第二节课顶到一半就不行了，眼皮越来越沉重了起来，怎么支撑也支撑不住了。

我只好从座位上站了起来。

那节课是语文课，黄老师以为我有问题要问，连忙放下了手中的课本。他指着我问，有什么要问吗？我说没有。黄老师的心里可能说，没有你站起来干什么？你没吃错药吧？于是黄老师叫我坐下。我刚想坐下，腰又挺直了，我怕坐下去就站不起来了。

我于是撒了一个谎，说有点不太舒服，站一下就好了。

那一站，我便一直站到了下课。

下了课就是课间操，我不去参加，教室的门都没有出去。黄老师以为我是真的病了，课间操还没有结束，他就找到了教室里。他问我要不要到他屋里找点药吃吃？我没有站起来。我只是侧着头，我说没事，就是有点头昏而已，我说歇一歇会好的。黄老师有点不肯相信我的话，他用手在我的额门上摸了摸，我自己也摸了摸，额门上好好的，没有发冷，也没有发烫。黄老师就说，那你就歇歇吧，注意别影响了上课。他说下一节课是数学吧。我就对他呵了一声。他刚一转身，我又一头扑在了桌面上。

中午回到家里，一进门，我就告诉了母亲打瞌睡的事情。

母亲的回答却是，打一点就打一点呗，打一点瞌睡要什么紧呢？

我两眼傻傻地看着母亲，我知道我无法对她再说些什么。

母亲说，今天晚上我们去早一点。

我说那我的家庭作业怎么做？

母亲却不再理我。她想的只是我的父亲，还有那个四川来的妓女。

晚上，我们刚刚放下碗，她就叫我快把课本拿上。我说做完了作业再去不可以吗？她就朝我瞪起了眼睛。她说叫你拿上你就拿上，你啰唆什么呢！我心里想，母亲看来要发疯了。早知道这样，你干吗要偷别人的那一块脏肉呢？

瓦城饭店的老楼与新楼之间有一块空地，那是一个不大不小的花圃。花圃里摆放着几张不大不小的水泥桌，最中间的那一张有一盏路灯。母亲指着那盏路灯对我说,你就在那儿做你的作业吧。我说那你呢? 她说我坐在楼脚下等他,我不信他不上楼也不下楼。她说的那是老楼的楼脚。看着那张冰冷冷的水泥桌,我的心打了一寒战,可除了那张冰冷冷的水泥桌,还有别的什么办法呢? 我刚要往水泥桌走去,母亲却又把我扯住了。

母亲说做作业的时候别做得太死,耳朵要清醒一点,知道吗?

我说知道了。

母亲还是不让我走。

母亲说,你要是看到了他们你知道怎么办吗?

我不知道怎么办。我没有回答母亲的话。

母亲说你马上给我把作业扔了。你要马上飞上去把他们死死地搂住。

我说他们要是踢我我怎么办?

母亲说他们怎么敢踢你呢?

她说他们不敢。

我说他们为什么不敢,他们肯定会踢我的。

母亲说他们真要踢就让他们踢吧,踢不死你就紧紧地搂住他们。

我说那你呢?

母亲说我也搂呀! 她说搂住了你就大声地喊叫,让整个饭店里的人都跑过来,我看他们还敢不敢踢!

母亲的话,让我全身都感到冷飕飕的,弄得我做作业的时候脑子里老是晃晃悠悠的,一会儿是父亲的那两条长腿,一会儿又是那个女的那两条小腿。我想真要是看见了父亲他们,我应该上去搂住哪一个呢？我是搂住父亲的还是搂住她的呢？我想也许哪一个我都搂不住。

好在那天晚上，我们没有看到他们的腿。

一连两个多星期都没有看到。

每天晚上，我们都吃完饭就坐上我们的烂单车，然后哐当哐当地奔往那栋瓦城饭店的老楼，然后，我坐在我的那盏昏黄的路灯下，做着我的作业；母亲坐在她的那个楼脚下，等着我的父亲。等我做完了作业了再朝母亲走去，然后，两个人坐在一起，可怜兮兮地等待着。

我曾怀疑父亲没有住在那里，或许根本就没有回到过我们瓦城，或许回来了，但转身已经离开了。

有一天，我偷偷地跑到那个老李的家中，我说你是真的看到我爸爸回到瓦城的吗？他说当然是真的啦。我说是真的住在瓦城饭店的老楼里吗？他又说了一句当然是真的。我说那我们天天晚上都在那里守着，为什么影子都没有见过呢？老李说这个我就不知道了。我说你可不要骗我们。他说我怎么会骗你们呢？他说他是真的看到了我的父亲。他说我跟你说实话吧，前天我还碰到他呢。我说你在哪里碰到他的？他说就在八里街的一个赌馆里。我说他在那里干什么？他说在赌馆里还有什么干呢？我说那你不帮我们告诉他，说我们在找他吗？他说我当然说啦，我怎么会不说呢？我说你怎么跟他说呢？他说我说你们找他找得好苦，我让他回家去看一看你们，让他给你们拿一些钱回去，我告诉他，说你们相当地需要钱。

我连忙对他说，我们需要的不仅仅是钱。

老李便说，我知道我知道。他说这一点他知道。

我说你要是再见到他，你帮我们拉他回家好吗？老李却突然一愣，笑了笑，然后连连地说了几声好的好的，他说我要是再见到他，我一定给你拉他回家去，好吗？老李的话说得相当好听，但他的那种笑，却让我无法相信。我心里琢磨着，发出那种笑声的人，一般只是嘴上说说而已，事实上他是不肯帮你的。几天后，我又去找过他一次，刚一开口，他就说见了见了，他说昨天晚上我还见到他呢。这一次不知怎么，我竟忘了问他是在什么地方看到的。我说你不是答应我帮我拉他回家的吗？他说我怎么拉呢？他说那个女的也跟我父亲在一起。

我说那这样好吗，哪一天我跟你一起上街，你要是看见了，你把她指给我看。

他的脸色马上沉了下去，然后冷冷地笑了一声。

他说那不好的，那怎么好呢？

我说怎么不好呢？

他就又连连地说了几声不好。

他说这种事我怎么跟你说呢？反正说了你也不懂。

听他那么一说，我的眼泪都快流出来了，我转过身就走了。

那以后，我再没有去找他。

那样的人，我去找他干什么呢？

我又不是傻子。

事实上，父亲真的回到了瓦城。

不久后的一天晚上，我和母亲推着我们的烂单车，刚要前去瓦城饭店，突然，一辆黑色的摩托车呼啸着停在了我的身旁。摩托车上坐着一个漂亮的女子。她就是跟我父亲在一起鬼混的那个女的。可当时我不知道，我母亲也不知道。我当时只是觉得奇怪，我想这摩托怎突然停在我的身边呢？差一点就把我给撞着了。我惊慌地看着她。她的身上，上边穿着黑色的皮衣，下边穿着黑色的皮裤，头上戴着的也是黑色的头盔，那一种样子，是用心打扮过的。我承认，她长得真是迷人。

她先是对我笑了笑，然后摘下黑色的头盔，她说你就是寒露吧？

我当时一愣，心想我又不认识她，她怎么知道我的名字呢？我吃惊地给她点了点头。

她把脑后的头发甩了甩，从皮衣里掏出了一沓钱来，递到我的手上。

看着那样的一沓钱，我的眼睛当时呆了，我的手也傻了，嘴里也忘了说话了。

她说，这是你爸爸让我送给你的。她的声音很轻，像是生怕我母亲在前边听到。

我一时不知道如何是好。我把那沓钱朝母亲亮了亮，然后回头想问她一声我父亲住在哪里？可我还没有张嘴，她就抢先丢下了一句，然后骑着她的摩托往我的身后飞走了，只留下了一阵叫人难受的轰鸣声。

她说，你爸让我告诉你，别再整夜整夜地到饭店去找他了。

望着她那飞去的方向，我傻呆了。

母亲已经回到我的身旁。母亲问她是谁？

我说她没说她是谁。

母亲说那这钱，是怎么回事？

我说是我爸爸让她送来的。

母亲突然就惊叫起来，她说是你爸爸叫她送来的吗？

我说我没有听错，她是这么说的。

母亲的惊叫马上就成了号叫。她说那她就是勾引你爸爸的那一个妓女了，你怎么不把她抓住呢？你怎么就知道收她的钱，却不知道把她抓住呢？你为什么不抓住她呢？母亲一边说一边朝我拼命地踩着她的两只脚，踩得咚咚地乱响。

我说我怎么知道她就是那个妓女呢？

母亲说她不是那一个妓女她是谁呢？你说她是谁呢？

我哑口无言。我真的没有想到她就是那一个女的。

母亲马上从我的手里把钱夺了过去，嘴里恨恨地重复着，你就知道拿她的钱，你为什么不知道抓住她呢？

我担心母亲把钱撕了，可她没有。她把那沓钱紧紧地攥在手里，嘴里乱七八糟地又说了一大堆话，但我一句都没有听清，说着说着，她就落下了泪来。

那天晚上，我们就坐在家里，母亲把那沓钱摆在被父亲踢烂了的那张饭桌上，然后傻傻地看着。

那沓钱一共两千。

母亲也没有多数。她只眼睁睁地看着，一直到睡去。

那天晚上我也睡得很早，而且睡得很甜。我没有去替母亲想得太多，我倒是庆幸那个晚上不用再去熬夜。

第二天上午，也是那段时间里我唯一没有打瞌睡的一个上午。

但是，母亲却在家里出事了。

母亲去买菜的时候，又想起了那个黑衣黑裤的妓女，一想起那个妓女，她就觉得不想活了。她说我不想活了我还买什么菜呢？她在街上拐了一个弯，就把买菜的钱买农药去了。

放学后，如果我马上回家，也许能看到母亲喝下农药的情景，那样，或许我能从她的嘴边夺下。可是，我偏偏没有马上回家，我也在大街上突然地拐了一个弯，就弯到瓦城饭店去了。我也想起了那个黑衣黑裤的妓女。我想我应该到那里去看看，我想看看那辆摩托在不在那里，只要认出了那辆摩托车，那就证实父亲是真的住在了瓦城饭店。

但我没有看到那辆摩托。

所有能够停车的地方，我都找遍了，就是没有那辆摩托的影子。

从瓦城饭店回来，母亲已经喝完了农药了。一进门，一股难闻的农药味，就朝我扑来。谁都知道农药是杀虫用的，但我丝毫没有想到母亲正在屋里杀虫，一闻到那个味，我就感到全身发冷。我往屋里大叫了一声妈！我没有听到回音。我连连地大叫了几声，然后朝她的屋里扑去。母亲的屋里是农药最浓的地方。我看到一个农药瓶烂在了地上，药瓶的四周，还湿淋淋的都是药水。我往床上一看，我没有看到母亲，只看到一团隆起的被子。我知道情况不好，我被那情景吓得声音都没有了。我好像拼命地喊了一声什么，但声音却卡在喉咙里，怎么也喊不出来。我的脸麻木了，我的头皮麻木了，就连我的手我的脚，也都麻木起来了。好久，我才扑上去使劲地撩开了被子。

被子里的农药更加浓烈，冲天的气味让我睁不开眼睛，但我还是看到了我的母亲，她蜷缩着，就像一只已经死去了的小猫。

我的眼泪哗地飞了出来。我知道母亲是喝了农药了。我一边哭着一边喊着，一边摇着她的身子。最后我摸了摸她的鼻尖，我发现她好像还有救，我转身就冲出了门外。几位听到呼救的邻居，马上好心地跑了过来，然后叫了一辆出租车，把我母亲送到了医院。

后来，医生告诉我，他说要是再晚一点点，你母亲的命就没有了。医生边说边比画着他的拇指和食指，那两个手指的距离，只有小指头那么一点点。我知道，那就是我母亲与死亡的距离。

医生问我，你母亲她为什么要这样呢？

我不知道怎么告诉他。我说她是吃错了药了。

医生竟也没有听懂我的意思，他竟然对我严肃起脸来，两眼大大地瞪着我，好像在瞪着一个无知的小孩。然后，他一本正经地告诉我，他说你不懂，你妈喝的那可是真正的农药呀，你知道吗？

我白了他一眼。我心里说，是谁不懂呀？

但我没有跟他多嘴。

母亲的命是留下来了，但那妓女的送来的两千块钱，却转眼之间都跑进医院去了。我心里感到困惑。我想，父亲让那个妓女送来的两千块钱到底是干什么用的？是为了让我和我的母亲能够改善一点生活，还是有意要谋杀我的母亲？

我时常白天黑夜地想着这两个问号。

但我总是想了开头，想不到结尾，有时想到了结尾，却又好像不对。

从医院回来以后，母亲经常拿着那些医药费，在床上来回地看，看着看着，眼泪就流到了床上。有时，她看着看着突然眼睛一闭，就把那些医药发票盖在眼上，我想那样她怎么看得见呢？但慢慢地，我就看到了两个小小的湿点出现在发票的背后。我知道那是什么，于是就转过了脸去，我不想让自己看到太多。因为随后的情景，便是那些发票会慢慢地湿开，最后湿成软软的一片。

一天，母亲把我叫到她的床前，把那些发票递给我。

她说你拿着，你拿着它们去找找我们的厂长，看能不能给报销一点？

我把发票接到手上，我说我该怎么说呢？

母亲也不知道怎么说，她反而问我，你说怎么说好呢？

我的脑子一愣，心想你怎么反而问我呢？但我还是告诉了她，我说，就说这医药费都是跟别人借的吧。

母亲说好的，那你就这么说吧。说完自己又伤心起来。她说他们要是不给报销呢？这么多的钱，可就全都扔到了水里了。

我心里说你知道了吧？知道了为什么还自杀呢？

我心想，你如果不去买那个农药，而是去买你的菜，你知道两千块钱够我们吃多久吗？

我拿着那些医药费就找他们厂长去了。

我去的不是工厂，而是厂长的家里。厂长的家我去过一次，那是我母亲下岗前带我去的。母亲拿着一大箱不知从哪里弄来的罗汉果，说是让厂长泡茶喝。母亲说厂长呀厂长，你烧烟烧得太厉害了，你应该喝一点罗汉果茶润润你的肺。她说罗汉果茶是润肺的你知道吗？厂长听了很高兴。其实我也知道，母亲的目的不是为了给厂长润肺，而是另有目的。那些时候，他们厂里刚刚传说要准备有人下岗，母亲希望自己的名字不在那些人中。母亲的理由是父亲的工厂听说就要破产，她说我们家不能两个人全都下岗。厂长连连说了几声好的好的。厂长的声音相当清晰，每个字都来自绝对健康的肺腑，他根本就不需要母亲的罗汉果茶去给他滋润。他说我们会替你考虑这个问题的。他说上边已经有了文件，说是不允许夫妻两人全都下岗。可母亲后来还是下岗了，因为母亲下岗的时候，父亲的工厂还没有宣布完蛋，也就是说，父亲那时还在厂里待着，所以，厂长说过的话是不需要负任何良心责任的。所以母亲只好悲哀地摇着头，说是这个年月里的人太聪明了，太聪明了，聪明得让人无话可说。当然，做厂长的，他也许有他的难处，一箱罗汉果与一个厂长的难处相比起来，那算得了什么呢？如果我是厂长，或许，我也会这样。

我拿着母亲的医药费去找厂长的那天，我也没有空手而去。我怕进屋的头一句话说不出来。我拿的当然不再是罗汉果，罗汉果一个就是一块多两块钱，我哪里有那个钱呢？我提的是一小袋苹果，那是在路边买的。我一手提着那袋不大的苹果，一手紧紧地攥着那些医药发票，走进厂长家门的时候，我没想到还有两个副厂长也坐在那里。我不知道他们在谈些什么，可能是谈厂里的事，也可能是谈他们自己的什么私事，很难说。他们都知道我母亲自杀的事。我还没开口，他们就七嘴八舌地问我，你妈现在怎么样？她出院了没有？

我只知道，我不能对他们太说真话，我说医院要我妈还要住些日子的，但我妈说没有钱了，不住了，就出院了。说着我把手里的医药费亮了出来。我说我就是为这个来的。

厂长从我手里拿了过去，翻了几翻，又看了几看，没有说话就递给了身边的另一个副厂长。看他的样子，他想由别人先说。那副厂长看过之后却也没有说话，他把那些发票往旁边一递，传到了另一个副厂长的手上。

最后还是厂长说话。

他说的先是一堆客套话,什么可怜啦,同情啦,还骂了我父亲七八句,每一句都把我父亲骂得狗屁一样,接着便说了一大堆厂里的困难,我知道那是说给我母亲听的,说完嘴巴一歪,语气慢了下来。他说你妈这医药费不好报,因为你妈她不是得了什么病,她是自己喝了农药自杀;再说了,厂里现在也没钱,我们一年前的医药费如今都还自己锁在箱里没报呢。

我傻傻地站了一下,我知道这事不能多费口舌,免得回家后不停地喝水还自己心里难受。再说了,我对母亲也有意见,我心想你既然是自杀进的医院,你还报什么销呢?哪里有自杀可以报销的道理?我拿起他们放在茶几上的那些发票,我说那我走了。我刚一转身,厂长就站起来把我拉住了。他说你等一等,然后让那两位副厂长把放在茶几上的几个大苹果抓起来,塞进我提去的苹果袋里,让我拿回家里给我的母亲。厂长家的楼脚下有一个很漂亮的垃圾桶。我站在垃圾桶旁,想把他们的苹果一个一个地扔进去。

最后我没扔。我觉得没那个必要。

我觉得拿回去对母亲多少还是有点好处的。

再说,那么大个的一个苹果,我想买还买不起呢!

看着那些回来的发票,母亲并没有开口骂人,她只是睁大着眼睛,默默地凝视着头上的天花板,默默地往心里吞着什么,咽喉一动一动的。

那一摞发票,我没有丢掉。我把它们整理好,收藏在一个烂了的文具盒里,外边用一根橡皮筋一道一道地扎紧,放在我床头的窗台上。

我想，总有一天我会找到我的父亲的，那时候，我要一张一张地递给他，然后告诉他，这就是你让那个妓女给我们送来的两千块钱。

去瓦城饭店熬夜的事，母亲却没有让我停下，天一黑，她就大声地催我快点上路。有时，出门前我想先屙掉一泡小尿，因为在那里我找不到厕所。她在床上就急了起来，一副很恨人的样子，嘴里哝哝呱呱的。她说你还没走呀？你还没走呀？你现在还没走你要磨到什么时候？好像就在我没有到达瓦城饭店的这一个时间里，父亲他们刚好从楼脚经过。

有天深夜，我从瓦城饭店回来，刚一进门，她就在床上问我，又没看到是不是？

每天晚上，不管回得多么晚，她总是躺在床上这样问我。

我心想你知道了你还问什么问呢？

那夜我就没有回答她。

她就吼着把我叫到了她的床前。

她说，你听说过水滴石穿吗？

然而，后来被我滴穿的却不是我的父亲，而是一个贵州女。

那贵州女也是专门做那种事的，她也住在瓦城饭店的老楼里。她是被我感动的，那种感动也许只能算是一种小小的感动，但对我来说，还是很感动的，所以我一直都牢牢地记着她。她叫小夏，头一次见她的时候，她穿的也是黑衣黑裤，弄得我曾怀疑她会不会就是跟我父亲的那一个，我觉得她有点像，但刘阿姨告诉我不是。她说她们只是衣服相同。我不明白她们为什么总是穿着黑色的衣服黑色的裤子？刘阿姨说她们喜欢她们就穿呗，这有什么呢？冷天的时候她们穿黑衣黑裤，热天的时候，她就会穿一身黑色的乔其纱。刘阿姨说，就像医生穿着医生的衣服，犯人穿着犯人的衣服，这有什么呢？

刘阿姨是玫瑰美容屋的老板，她的美容屋就在瓦城饭店的楼脚，但不是我父亲他们住的那一栋，是前边的那一栋，那是新楼，我父亲他们住的那是旧楼。刘阿姨的美容屋与我在花圃里坐着的地方，是斜对面。她美容屋的生意十分地红火，住在瓦城饭店里的人，不管是什么人，都喜欢在她那里洗头洗脸，尤其在老楼里包房的那些小姐。

小夏长得相当漂亮，听说在包房的那些小姐中，就她一个不是四川来的。听说她们也是有帮派的，四川来的那些不愿跟她在一起玩，所以她总是一个人东游西荡的，所以刘阿姨的美容屋便成了她最常到的地方，除了她自己到那里洗头，洗脸，她还帮着刘阿姨她们给客人洗脸洗头，她也不用刘阿姨给她付辛苦钱，她愿意给刘阿姨帮忙，一来是为了自己解闷儿，二来也是她拉客的一种手段，一旦碰着合适的男人，洗完了头或者洗完了脸，她就把他们带到她包的房里。

这些都是刘阿姨告诉我的。

刘阿姨对我说，有一天晚上，小夏也是去给她帮忙，她一边给客人洗头一边就给刘阿姨说起了我。她问刘阿姨，有一个女孩每天晚上都坐在花圃里，你注意到了没有。刘阿姨说她注意到了，但她以为可能是饭店里哪位职工的女儿，是跟母亲或者父亲上夜班来的。小夏就告诉她不是。她告诉她，说我是一个很可怜的女孩，然后把我的事情告诉了刘阿姨。完了她对刘阿姨说，如果你这个玫瑰美容屋是我的，我就会照顾照顾她。刘阿姨问她怎么照顾呢？小夏说，我就让她晚上到我的美容屋来，让她一边帮忙，一边等着她的父亲。刘阿姨就问她，人长得怎么样？小夏说人长得不错的，绝对可以让你的客人喜欢。就这样，刘阿姨把我请到了她的美容屋里，我说我不会洗，刘阿姨说不难的，教一教你就什么都会了。说真话，我心里当时不太愿意，但她答应每天可以给我三到几块钱，我就答应了。

我们家需要钱。

钱在我们家里，跟命是一样的重要。

开始给刘阿姨干活的那几天，我曾出现过一些很反常的现象，每天，我都时不时地一会儿抚摸着自己的耳朵，一会儿又抚摸着自己的鼻子。

那是刘阿姨教的。

刘阿姨让我给客人洗脸的时候，多抚摸一些客人的鼻子和客人的耳珠，她说客人们喜欢那样。她所说的客人，指的当然是那些男人。他们为什么喜欢那样，我不知道，也没有问过。我只是暗中时常地抚摸着自己的鼻子和自己的耳朵，边抚摸边慢慢地感觉着。但我很快就明白了。因为那样的抚摸，只要摸得合适，会让人感到特别的舒服。当然，有的客人是很坏的，他们在你的手下感到舒服的时候，他们有时也会伸过手来，想摸摸你的手，或者摸摸你的脸，开始我不让，但刘阿姨说，他们想摸你就让他们摸吧，你不让他们摸他们会不高兴的。没有办法，我也只好忍受着。好在那些想摸你的客人，他们都出手得很大方，比如洗一个脸本来只是二十块钱，他们往往会多给你五块十块，还会小小声声地告诉你，这点钱是给你的，别交给老板。除此外，别的事我没有做过，也不会去做。我还是个小女孩，我怎么会去做别的那些事呢？

我不会的。

绝对不会。

至于后来的事，那是后来的事，跟美容屋里的那些客人没有关系。

其实，我父亲早就离开瓦城了。

这是那个四川女告诉我的。那个四川女就是和我父亲在一起的那个妓女。那一天，是她自己突然出现在刘阿姨的门口。美容屋里的人，都有一个习惯，不管进门的人是谁，我们都会笑着脸，朝门口看过去。我就是这样看到她的。她穿的还是那身黑色的衣服，还是那条黑色的裤子。她站在美容屋的门口上也只望着我，但她的脸上并没有惊奇的样子。我却不同。一看到她，我的心就嘭地跳了一下，我的手就停了下来了。

那时，我正给一个男人洗头。

小夏也在给一个男人洗头。小夏的嘴巴比谁的都快，她立即尖叫了一声小云，然后说哎呀你到哪去这么久啦，连个影子都不见，有人一直在等你呢。那个叫小云的四川女便指着我对小夏说，不就是她吗？说着走了进来。小夏说对呀，人家一直在找你们哪。她说找我干什么？想跟我吵架呀？小夏说谁想跟你吵架啦，人家是想找到人家的爸爸。她便死死地盯着我，脸上突然出现了一种我怎么也看不懂的表情，那种表情也许只是她们那些女人才有的。反正我说不清楚。

她说，我不是告诉过你吗？别再找你的父亲了。

我望着她没有说话。一看见她，我的心就莫名其妙地紧张，就难受。我真的不知道怎么说。尽管我整天都想着能找到我的父亲和找到她。

她说你父亲早就走了。

我问她什么时候?

她说,就是我给你送钱的那个晚上呀。

我说他去哪儿啦?

她说可能是去海南了,说是要到那边开一个店。

小夏问,开什么店?

她说,他还会开什么店呢?除了想赚我们这些女人的钱,他还会开什么店呢?

小夏说,那他干吗不把你带上?

那是个不知羞耻的妓女,她突然指着我说,他要是让我去,他还不如让他的女儿去,女儿也许比我还能赚钱。

小夏马上推了她一掌。

小夏说,你他妈的,吃错了药了?

我当然也愤怒了,我的手上正捧着一大抓的泡沫,我忽地朝她的脸上摔了过去,然后转身跑出了门外。

那天晚上,我没有再回到刘阿姨的美容屋里,因为那是一个星期天的晚上,我是空着手去的。我在街上胡乱地走着,也胡乱地流着眼泪。我相信那个女的说的是真的。我想我父亲真的会在海南的哪一个地方,已经开张了一个妓女店了。

但我想不明白,父亲为什么要这样呢?

最后,我感到十分地失落。

我的失落不是因为父亲又离开了瓦城,不是的,我担心刘阿姨的美容屋还要不要我?说真心话,我已经离不开她每天晚上给我悄悄塞进口袋里的那三块五块了。

第二天晚上，我慢慢地来到了刘阿姨的门前，但我没有进去。刘阿姨正在里边坐着跟别人说话。见我站着，刘阿姨便自己站了起来。我没有说话，就转身走到了门外。我知道刘阿姨会跟出来的。

我说我爸爸已经走了，你还要我吗？

刘阿姨看着我想了想，她说你不觉得对你有影响吗？

我说有什么影响呢？我说没有。

她说不可能的，怎么会没有影响呢？

我说除了上午上课的时候有一点点瞌睡，别的没有什么。

她说打瞌睡不就是影响了吗？

我说那不要紧的。

她说怎么还说不要紧呢？

我说真的不要紧的。我说瞌睡的时候我总会站起来的，我一站起来，我就不打瞌睡了。

她就默默地站着，好久不再说话。

我心里当时很急，也很难受。

我说由你说吧。

刘阿姨就说，你是为了每晚的几块钱，是吗？

我低着头，默认着。

她便长长地嗨了一声，然后说那就随你吧。说着她伸过一只手来，摸了摸我的肩膀，摸得我心里暖烘烘的，我的眼睛都湿润了。

我赶忙说了一声，刘阿姨，谢谢你了。

美容屋的日子就这样又混了下去。

谁会想到呢，谁会想到马达也会跑到刘阿姨的美容屋里洗头呢？

马达是我的邻居。他的家就在我家的对面楼，而且住的也是一楼。他还读书的时候，我们俩经常同时地走在路上。我常常叫他马达哥哥。他大我大约三到四岁。他的父母早就没有了，反正我没有见过。他是跟他的奶奶两人一起过的日子。

那天晚上，马达说，他是陪一个北京来的朋友到瓦城饭店来玩的，他当时觉得有些头痒，就跑到刘阿姨的美容屋里来了。看见我的时候，他觉得很奇怪，他说你怎么在这里呢？我没有告诉他，我说来吧，我来给你洗吧。他就坐到了我的面前。那时的时间已经是深夜十一点多了，我问他洗完头你回家吗？他说回，我说那你就等等我，回家的路上我告诉你吧。他就真的坐在那里，等着我一起回家。

刘阿姨的美容屋一般在十二点左右关门，那时候的来人已经很少了，就是还有人来，刘阿姨也会叫我，你先回家去吧。听说，夜里一两点钟之后，还会有人走进她的美容屋里，那都不是为了来洗头的，但我早就不在了。

我让马达等我一起回家，不是为了告诉他，我为什么在那里打工，不是的，我为的是要封住他的嘴。我怕他回去后跟他的奶奶乱说，那样要不了两天，他的奶奶肯定又会对我的母亲乱说，那样，事情就糟糕了。我在前边说过，我喜欢的并不是为了给别人洗头洗脸，不是的，我喜欢的是刘阿姨每天晚上往我口袋里悄悄塞进的那三块五块。

马达却说，我怎么会告诉我的奶奶呢？你以为我奶奶是谁呀？

他说不会的。

他让我放心。

083

我说，我也是没有办法才这样的。

马达便问我，你每天晚上都这个时候回家吗？

我说是的，有什么办法呢？

他说总是你一个人吗？

我说那还会有谁呢？

他说那你不觉得离家太远了吗？

我说离近了我还不敢做呢。

他说为什么？

我说这你都不懂吗？

他呵了一声说，我知道了，你怕你妈知道。

我说我妈知道了我就完了。

就在这时，马达提出了一个让我十分激动的建议。他说那我从此以后每天晚上都来送你回家好吗？

我嘴里却说，不用的。

马达便说，你不会以为我有什么坏心眼吧？

我说哪会呢？我说我们是邻居，我怎么会那样看你呢？

他说那你就让我来送你吧。

他说反正我现在晚上也没有什么事，反正你也不用在那里等我，我要是来送你的话，我会提前到的，如果我没有提前来，那就说明我有别的事去了，你也可以不再等我，你就走你的。

第二天晚上，他果真就提前到了那里。

那时候，他给我的印象是真的好。我觉得他是我生活中遇到的、第一个最好心的男孩子。

当然，我也曾问过他，我说你为什么要送我呢？

他说受感动呀！

我说你别瞎编，你跟我说真心话好吗？

他说，我说的是真的，我是真的被你的精神所打动的。

他说你别说是我，就是再换了一个男孩子，哪怕是一个坏男孩，他也会被你的这一种精神所感动的。

他说你的这种精神太伟大了，真的太伟大了。

从他嘴里说出来的那些词语，让我当时感动得脸红。我说你别这样说，我说我可是被迫的，我是无可奈何你知道吗？

我说你愿意像我这样吗？

他便笑着没有回答。

他不回答是对的。有谁愿意像我这样呢？除非他吃错了药了。

谁想到呢？就是这个马达，他其实坏到了顶点。可是，在他送我的那些晚上，你又一点都看不出来。他碰都没有碰过我，就连我的手他都没有摸过，他的眼里，从来都没有流露过他有什么坏的想法。每天晚上，快到家的时候，他总会自己停了下来，然后告诉我，你先走吧。我知道他那是为我着想，他怕别人看见了会乱说话的，毕竟我是一个还在读书的女孩子。他总是远远地看着我往楼里走去，就连举手在空中晃一晃，表示再见一下也没有过。直到看不见我了，他才从远处慢慢地往家里走。

我曾细细地想过，那个晚上的事情都是怎么发生的。但我没有想出我在哪个地方可以提防他。因为我根本就没有想到过要提防。他也是早早地就来等我了，还让我好好地给他洗了一个头。他洗头也是照

085

样付钱的,他没有因为是来送我的,就没有付钱,如果那样,他洗头的钱就得从我的工钱里扣出,但他没有。他洗完头,时间已经不早,除了正在洗头洗脸的客人,当时没有人进来了。刘阿姨看了看墙上的钟,然后对我说,你可以走了。我看了看门外,门外没有人。我便站了起来。马达也跟着站了起来,而且,他还抢在了我的前边,对刘阿姨说了一声再见。

一路上我们照样有说有笑。

可走到解放西路的时候,他突然把单车停了下来。

他说我们吃一点夜宵好不好?

解放西路的街道两旁,到处都是吃夜宵的地摊。其实,每天晚上从那里经过的时候,我都被那种很好闻很好闻的味道刺激得迷迷糊糊的,但我从来没有停下,从来没有想到要吃点什么。我知道那些地摊开销不是很贵,但对我来说,却是贵的,贵得我除了想还是想,我不能停下来。

他说他下午三点钟的时候吃了一餐,他还没有吃晚饭呢。

我说那你就吃吧。

他说那你呢?你是陪我一起吃,还是你先回去?

我想了想,我说吃完了你还回去吗?

他笑了笑,他说不回去我在哪儿过夜呢?

我便也笑了笑,我说那就陪你一起吃吧。

我心里当时想,人家夜夜都来送你,你怎么能让人家一个人坐在这里吃,你一个先回去了呢?反正早上总是要打瞌睡的,莫非丢下他早一点回家,第二天早上就不打瞌睡了?

他便带着我往一个狗肉地摊走去。他说那个狗肉地摊弄得相当好吃，他在那里吃过好几次。而且他很神秘地告诉我，说那个狗肉摊之所以好吃，是因为用了罂粟壳来炖的。

我说那不是明摆着叫人吸毒吗？

他说这叫作什么吸毒呢？吸毒是叫人吸鸦片吸海洛因。

我说那罂粟壳不会害人吗？

他说害什么害呢？一点都不害。

说真话，那天晚上的狗肉是真的好吃，但我说不清因为用了罂粟壳，还是因为我好久没有那样吃过肉了。反正我吃得很香，本来说是陪他吃的，后来反倒成了是他陪我了。他还要了两瓶椰子汁。那两瓶椰子汁是他跑到一个小卖店里买的，那狗肉摊没有，他们有的只是啤酒和白酒。后来我想，可能就是他跑去买那两瓶椰汁的时候，他的心突然变坏了，他肯定是在给我的那瓶椰子汁里下了什么药物，喝着的时候倒也没有什么感觉，可是喝完了，他付了钱，我们站了起来的时候，我突然觉着有些不对了，我觉着怎么有些迷迷糊糊的。

我突然想起了马达说的罂粟壳来。

我问了一声马达，我说你有没有觉得头昏？

他说什么头昏？没有。

我们推着车子走着走着，正要骑上车的时候，我突然觉得不行了，连扶车的力气也没有了。

我说马达，我可能是吃着了罂粟了。

他说怎么回事？

我说我全身软软的，我走不了了。

他说那我们就打个"的"回去吧。

我停下了单车。我没有回他的话。我只记得他招了一辆的士过来的时候，他把我先扶进了车里，让我先好好地躺着，他到车后放单车去了。他回到车里的时候，我只感觉着身子随着车子在空中飞了一下，就什么也记不住了。

等到我醒来的时候，简直把我给慌死了。

我已经不在的士里。

也不在我的家。

也不在马达的家。

我竟然一个人躺在一个很软很软的床上。房里有电话，还有空调，还有好大好大的沙发。我以为我是在做梦，当我低下头看到我的身子时，我才知道完全不是梦，而是真的！

我的上身赤裸裸的。

我把被子掀开。

我的下身也是赤裸裸的。

我心里大叫了一声妈呀！这是怎么回事呢？

一种从来没有过的恐惧，把我折磨得全身发抖。

我想大声地喊叫，但我不敢。我知道我躺着的地方是宾馆或者是饭店。

我突然想起了吃狗肉的事来。

我想到了马达。

我以为马达也在房里。因为房里的灯亮着。于是我轻轻地叫了两声马达。但我听不到马达的回话。我又不敢大声叫他。我知道那时天还没亮。我怕惊醒了宾馆或者饭店里的别人。我想他会不会在卫生间里,我连忙捡起了衣服和裤子迅速穿上,然后朝厕所摸去。

厕所里却空空的,根本没有马达的影子。

但我看到了一样东西,那东西把我吓死了。

我看到洗手盆的旁边放着一条白色的毛巾。白色的毛巾上面,沾染着许多血,虽然已经变了颜色。但我知道,那就是血!我想这是怎么回事呢?但我很快就知道怎么回事了。我身子的下边,这时突然感到了一阵阵的疼痛。

我的泪水哗地就流了下来。

我想大声哭泣,但我不敢。

我心里乱七八糟地骂起马达来,从他的祖宗一直骂到他的母亲和他的父亲,以及他的奶奶,还有他自己。

我从窗户往外看了看,外边的天还是夜晚的天。我想我该怎么办呢?

最后,我在床头边的柜子上,看到了一张字条,字条上压着一把钥匙。那是我单车的钥匙。那字条是马达留下的。

那字条对我说,寒露:对不起,我有事,我先走了。你的单车放在宾馆门前的单车停放处那里。

我把那张纸撕了个粉碎,然后慌里慌张地摸出了宾馆。

我回到家里的时间可能是凌晨三点左右。我开门的声音相当地小,但母亲却一直地醒着。她说干什么这时才回来?

对付母亲的话我是在路上想好的。我说,我要回来的时候,碰着了一个人,他说他看见了我爸爸。他让我就在楼脚下等着,他说等到后半夜的时候可能会看到我的爸爸。我就一直地等着，就等到了现在。

母亲说那你见到了没有？

我说没有。

母亲说那人是什么人？

我说我不知道。我说我以为他说的是真的，所以我就等了。

第二天早上，天一亮我就敲开了马达的家门。

开门的是马达的奶奶。

我问她，你的马达呢？

她看着我觉得奇怪，她一定在想，天刚亮，这女孩怎么啦？

她问我，你找他干什么？

我说我要找他！我的语气很硬。我想轻声一点可就是轻不下来。

她说是不是你妈又出事了？

我没有回她的话。我只是对她说，你给我叫他起来。

她一听更觉得奇怪了。

她说你以为他睡在床上呀？他现在在火车上呢。

我的脑子轰的一声。我说他去哪啦？

她说他到广州那边去了，是昨天夜里去的。

我说夜里？夜里什么时候？

她说是夜里一点半的车票。

我当时突然想哭，可我突然转过了脸去。

我抬头望了望高楼上的天空。

天空上什么也没有，就连一只放飞的鸽子都没有。

那天晚上，我不想再到刘阿姨的美容屋去，可最后还是去了。

不去我怎么跟母亲说呢？

我不愿告诉她，我父亲已经到海南那边去了。我要是告诉她，她一定会问我你是怎么知道的？我怎么说呢？我告诉她是听别人说的，跟着，她就会不断地问下去，那样我该怎么说呢？我怎么能告诉她，说我的父亲到海南那边开了一个妓女店去了？

我怕。

我怕母亲会因此再一次自杀。

思来想去，还是觉得只有到刘阿姨的美容屋里。

就这样又过了好一段日子。

在那段日子里，打瞌睡的事情照常发生，但我时常不用站起身来。我只需要在一张纸上恨恨地写下"马达"两个大字，瞌睡的事情就又悄悄地溜走了。一看着"马达"那两个大字，我就感到身上的那个地方隐隐地发疼，我的仇恨就会跟着从心底里呼呼地往上冒。仇恨就是力量。这话是谁说的？我也记不住了。不知道是一个很普通的老百姓说的，还是哪一个名人说的，反正也是我们书上时常有的。就是那股力量帮着我，把一个早上又一个早上的瞌睡顶了过去。

但是，一个更为可怕的事实，最后还是把我打垮了。

一个好心的医生告诉我说，孩子，你怀孕了！

我是有意上医院找医生的。不是有意，我是不到医院去的。一般的什么小病，我哪里敢上医院呢？别人的感冒都是左一瓶右一瓶的什么药，我却只有拼命地喝开水。宾馆的事情发生之后，整整两个月，我每天都有一种害怕，我害怕我要是怀孕了我怎么办？我虽然不停地安慰着自己，我说不会怀孕的不会怀孕的，我心里说老天爷总会保护无辜的孩子的，但我又时不时地在梦中因为怀孕醒来。那些日子里，我真正地尝到了提心吊胆的滋味。因为我听别人说过，说怀孕不怀孕，两个月左右就知道了，也就是说，如果例假不来了，那就是怀孕了。所以，我一边在心里对老天苦苦地祈祷，一边一天一天地数着时间。我把那天晚上的日子，和我上一次来例假的日子，用钢笔写在语文课的生字表的顶顶上，然后每一天早读的时候，在它们的背后细细地画上两笔，每个日期的后边添一笔。

有一天早读，我正准备往一个日期的后边添上一笔，冷不防黄老师突然站在了我的身旁，把我吓了一个大跳。

看着我的那两排"正"字，黄老师觉得莫名其妙。

他说你画这个干什么？

我的脸色当时干巴巴的，好久才说出话来。

我说画着玩的。

他就斜着眼睛审视着那两排"正"字，然后把眼光停在"正"字前边的那两个日期的上边。

他说你这记的不会是你打瞌睡的次数吧？

我没有回答他。

他又看了看，最后又自己否定了。他说打瞌睡怎么又记两个日期呢？什么意思？

我又说了一声是记着玩的。

他却笑了笑，然后晃了晃脑袋。

他说你在说谎。

就那一个谎字，吓得我全身冒着虚汗。我当时好怕，我怕他什么都知道了。好在他说完就往前走去了。

最早画够了六个"正"字的，是例假日期的后边。也就是说，离上次来例假的时间已经一个月了。那几天我买了纸等着，可是哪一天都用不上。我偷偷地跑到厕所，久久地待在那里，我想看看是怎么回事？我想看看怎么不来了呢。难道真的怀了孕吗？那时我就想上医院了，但我告诉我再等一等。

就这样，我又苦苦地等了一个月。

最后，便偷偷地上医院了。

上医院的那一天是一个星期天。那一天的情景我真不想多说，因为我什么都不懂，我拿着一张四毛钱的挂号单，竟然摸进了儿科的门诊里，结果我被骂了出来。那是一个女医生，她说你怎么跑到我儿科来呢？你要看的什么病你不懂？

我怎么会懂呢？

我的年纪才多大，我怎么会懂呢？

我知道，她是把我当成了那种人了。因为她曾问过我，你是做什么的？我不敢说我是学生。我迟疑了半刻，然后说了在发廊里打工。

我当时想哭，我转身只好悻悻地走了。那张四毛钱的挂号单我也不要了。后来我又重新买了一张，是八毛钱的。卖挂号的人在窗子里边瞪着眼睛问我，看哪个科？这回我记住了。我说看妇科。他说八毛。我说不是四毛吗？他说今天的妇产科是专家，八毛！看不看？不看明天再来。我问他明天多少？他说明天是四毛的。我迟疑着离开了那个窗口。

最后，我还是回来买了那张八毛的挂号单。

那一天，我的感觉就像被谁又奸污了一次。

真的。那种心疼的感觉，那种有头却没有脸的感觉，叫人想哭都哭不出来。

确凿是怀孕之后，我就不去刘阿姨那里了。那几天正好已经是期末了，于是我最后去了一趟刘阿姨的美容屋，我借口对她说，过两天就要期末考试了，我得好好地复习些功课，我说我不能再到你这里来了。她说好的，那你就别再来了。那夜，我也不再帮她给客人洗头洗脸了。我一转身就走到了门外。后来刘阿姨还好心地追了出来，她说，放假后你要是愿意你就来我这里吧，好不好？我说好的，到时我看情况吧。然后我就到街上浪荡去了，一直浪荡到了深夜。

那时，我觉得我的头好大，整天都像要炸开了一样。我想我该怎么办呢？思来想去，只好大胆地摸进了马达的家中。

我决定找他的奶奶说说。

我想不管怎么，马达总是她的孙子吧？她的孙子做下的坏事，她不能一点良心都没有吧？

我对她说，你还记得有一天早上，天刚刚亮的时候我来过你家吗？

她说记得，你是来找我马达的。

我说你知道我为什么来找他吗？

她说不知道。

我就把医生开的诊条，递到她的面前。我不知道马达的奶奶能不能全都认出那上边的文字，但她把条子拿了过去，而且竟然看懂了。

她扬了扬那张单子。她说那怎么办呢？

我说你说我该怎么办呢？

她当时也显得十分地愤怒和苦恼，脸上的皱纹一条叠着一条。嘴里不停地骂着她的马达，左一个该死的，右一个挨刀的。但我觉得那种骂法一点都没有意义。

我的嘴里只是不停地问她，你看怎么办吧？

她最后长长地嗨了一声，她说，如果你是一个十八九岁的孩子就好了，你就可以把孩子留下来，到时候由我来照料。

这个老太婆，你说她是不是吃错了药了？

我说我不留。

她说你就是想留也不行呀？你还是一个小女孩，你哪知道怎么生呢？

我说就是知道怎么生，我也不留。

她说那就只有去打胎啦。

我说我没有钱。

她说打胎要多少钱呢？

我说不知道。

她就低下头去想了想，最后抬头起来对我说，那你明天再来吧好吗？后天也可以，后天你来，我拿钱给你。

等着拿钱的那两天，我几乎是彻夜难眠。我不知道打胎是怎么回事。我想不出打胎是怎么打的。会不会要了我的命。

那两天，马达那两个字怎么写也不管用了，一看到那两个字，我就想到了怀在身上的孩子来，一想到那个孩子，我就感到我怀的就是他，就是那个该死的马达。这么一想，就什么力量都上不来了，连站起来的想法也没有了，我只想扑在桌上睡觉，直到黄老师的粉笔突然地砸在了我的头上，我才猛地跳了起来，然后听到的，就是同学们的哈哈大笑。

其实，打胎的事情我应该留到放假后的，因为只有两天就考试了，考完试就没有事了，我就可以在家好好休息了。

可我一点都没有这样想过。

我在马达奶奶的手里拿到钱的时候，时间是中午。是她叫我过去拿的。拿到钱后，她问了我一声，你想什么时候去？我说我现在就去。她说要不要我陪你一起去。我说不用。我说我自己去。一转身，就自己到医院去了。那时，我恨不得把身上的孩子马上打掉，打得越快越好，别的就什么都没有多想了。

可是，我碰着的却是一个很年轻的医生。

她问我是吃药还是做手术？

我说我不懂。

她说那你就想好了再来吧。

可我没走。我站在那里，我想等一等那天给我检查的那一个好心的医生，那个医生年纪稍大一些。但她却久久不来。

我问她还有别的人吗？

她说什么别的人？

我说别的医生。

正说着，里边的房里出来好几个，但没有一个是那天的那一个。

她说你到底是吃药还是做手术？

我想了想，问她你说我应该怎么样好呢？

她就上上下下地又把我打量了一番。

她说吃药当然好一些，但吃药就贵多了。

我说贵多少？

她说贵一百多两百吧。

一听那么多的钱，我的头皮就大了。

我说那我就做手术吧。

她说做手术有点难受。

我心想，我没有钱，我不肯难受我还能怎么样呢？

她转身就把我领到里边的一个房里，然后给我动起了手术来。

说真话，我要是知道动手术会那么难受，我会去跟刘阿姨借钱的，可我怎么知道会有那样难受呢？我没有见过别人是怎么杀猪的，但我想我当时的喊叫跟杀猪是没有什么区别的。

那位医生觉得我的喊叫太难听，太刺耳，就抓了一个塑料的药瓶递给我。

她说你把这个给我咬住。

我说咬住这个就不难受了吗？

她说不是不难受，而是你的喊叫就没有那么难听了。

做完手术，我没有回家，而是直直往学校去了。下午的课，我一点都听不进去，我简直难受得想死。我动不动就用手往脸上摸摸，摸着的总是一张冷冷的脸，就连那两个很好摸的耳珠，也是冷冷的。

我知道，我那其实是心冷。

夜里睡在床上，我想明天我是不是别去学校算了。我想在家里好好地待一天，因为再下一天就是考语文了。我想好好地歇一歇，好好地在家里喘几口气。我还想过，如果母亲问我为什么不去学校。我就对她说我有病，我头昏，然后就像她一样躺在床上。可天亮的时候我却自己又爬下了床来，然后慢慢地往学校走去。

我以为打完了胎了，遭遇也就慢慢走远了，谁知道就在这个早上，又出事了！而且是连连出事！

第二节下课之后，黄老师不知因为什么一直待在教室里忙着。他没有想到他的女朋友到学校来找他。他女朋友找不到他，就找到教室里来了。

黄老师的那个女朋友，竟然就是给我做手术的那个女医生。

她一进门，我就认出她来了。我心里猛地一跳，简直被吓得半死。我正想如何躲避她，可她却发现了我了。其实，就是那一个时候，我也还是可以躲避她的，我可以装着不认识她，然后溜出教室，但我却坐着不动。她走到黄老师的身边后轻声地说了一句什么，黄老师的眼光马上朝我横扫了过来。

黄老师说对呀，她就叫寒露，怎么，你们认识？

我慌得全身发抖。我没有回黄老师的话。我把脸收得低低的。

我的耳朵那时很尖，我听到她嘴巴不停地跟黄老师说了一句又一句，她的嘴巴刚一停下，黄老师马上从讲台上猛地站了起来，他指着我，恶狠狠地说，你听着，放学的时候你到我的办公室去，你不能马上回家，你听到没有？

我被吓得汗都出来了。我心里连连地苦叫着，妈呀妈呀，她怎么会是黄老师的女朋友呢？如果我早一点认得她，我哪会让她给我做手术呢？就连那个门我都不会进去的。我们瓦城有那么多的医院，我为什么一定要让她给我做手术呢？你以为我是吃错了药吗？

人就是这样，倒霉起来想躲都躲不开。

第三节课的时候，我有几次想逃跑回家，但总是站不起身来。

我怕黄老师，我怕第二天他不让我考试。

放学后，同学们都蹦蹦跳跳地回去了，我呢？没有办法，只好揣着一颗慌慌的心，往黄老师的办公室走去。

就在这个时候，肯定就在这个时候，我的母亲又在家里喝起了农药了。

都是因为马达的奶奶。

大约是上到第二节或者第三节课的时候，她从屋里提着一篮鸡蛋摸到了我的家里。她那么大的年纪了，她怎么还那么蠢呢？她为何就不想想，我的母亲知道了我怀孕的事情，怎么受得了呢？

这个老太婆，肯定是吃错了药了。

可以想象，母亲知道我怀孕的事后是多么地悲痛。虽然她知道我已经到医院里打了胎了，可是这一切全都是因为她偷肉后一步一步造成的呀？她怎么会不觉得她是该死的呢？我后来曾怀恨地责怪过马达的奶奶，我说你怎么可以对我的母亲乱说呢？她说，我本来也是不想告诉她的，我只想送点鸡蛋给你补补身子，可你不在家，我就拿到她的床前去了。我说你放在客厅里然后走你的不行吗？你为什么要送到她床前去呢？你是不是吃错了药了？她说我哪吃了什么药呢？我什么药也没吃。我说你就是吃错了药了。她说吃什么吃呢，没吃。我说你没吃错药你干什么告诉她。她说我哪知道你没有告诉过她呢？我以为你早就告诉了她了，你为什么没有告诉她呢？我说，我为什么要告诉她呢？她说她是你的母亲呀，你不告诉就是你的不对了。

那个老太婆，她反倒责怪我？

我说我母亲她怎么说呢？她说你母亲什么都没说，她只是马上愤怒了起来，她抓着床头边上的东西就朝我乱砸，骂我没有管好我的马达，她叫我滚出去，滚出你们家去。我想跟她好好说她就是不让，我就只好放下鸡蛋就走了。

完全可以想象，马达的奶奶也许刚一出门，我母亲就从床上爬起来了，她首先想到的就是不活了，怎么也不再活了。她的脑子里首先浮现起来的，就是她曾喝过的那一种农药。于是，就朝那个曾卖给她农药的商店摸去了。

你们说，我该恨谁呢？

如果黄老师没有让我到他的办公室去，如果黄老师的女朋友不来找他，如果放学后我马上就回到家里，我母亲或许还是可以得救的。可是，我在黄老师的办公室里说呀说呀，一直说到了墙上的挂钟差几分就一点半了，他才放我。

他说我肚子饿了，你先回去吧。

走在路上的时候，我也曾想到死去算了。一直回到家里，我的脑子还在晃晃荡荡的。看着母亲床边上的那瓶农药，我拿起来曾想把剩下的半瓶也喝下算了。看着躺在地上的母亲，我也没有了上次那种大哭大喊大叫了，我不知道我为什么没有那样。我不知道。我最后摸了摸母亲身上的肉，我发现她的肉还没有冷。我就自己跑到街上喊了一架三轮，把母亲送到了医院。母亲在医院里不到半个小时，医生就告诉我，说是没有救了。这时，我才哇哇地大哭了起来。

那天下午，我不去学校了。

我拿着母亲的死亡书，就像拿着母亲丢下的灵魂，哑巴一样蹲在太平房里看着母亲死去了的模样。我觉得我比死去的母亲还要可怜。

最后，我便想到了父亲。

我突然想起了母亲对父亲说过的话。母亲说，我们不能没有你，没有你，我们怎么办呢？可母亲现在死了，父亲在哪里呢？没有父亲，我怎么办呢？最后我想，父亲会不会就在瓦城呢？他也许又回到了瓦城，我该怎么让他知道我母亲的死呢？

最后，我就想起了电视台来。

电视台的大院门前边有一个小房子，房子里有人从窗户朝我大声地吼着，他说你进来干什么？我说我找电视台。他说这就是电视台，你找谁？我说我不知道找谁。他说不知道找谁你进来干什么？出去！

我那个时候的那个样子，可能很容易让人觉得讨厌，怎么看上去都让人觉得不像一个正常的女孩子。我那个时候的模样哪里还能正常呢？我母亲死了，我父亲又不知道在什么地方，我就那样孤零零的一个人，我怎么还能有正常的模样呢？

但我站在他的窗口边没有离开。我红着泪眼看着他。

我把一直捏在手里的死亡通知单递给他，还有一张我写的字条。

我说我想在今晚的电视上打一行字。

那行字我是这样写的：

父亲，母亲死了，你女儿寒露在找你。

那人一看，脸上的颜色马上变得像人了。

他说你爸爸去哪啦？

我说他离开家已经很久了，可能在我们瓦城也可能不在。

101

他又问你们家现在就你一个?

我说就我一个。

他说那你妈现在在哪?

我说在医院的太平房里。

他的眼睛就突然也湿润了起来。

他说那你身上有钱吗?

我问他什么钱?

他说你不是要登这句话吗?

我说是呀。

他说登这句话是要交钱的。

我一听头皮又大了。我心里说登这种怎么也要钱呢?

我问他要多少钱?

他说像你这样的一行字,可能两百左右吧。

我摸了摸口袋里的钱,我没有掏出来。我心想我要是花了钱,我父亲又没有回来呢? 我不是吃错了药吗?

我说那我不登了。我从他的手里拿过死亡通知单和那张字条,转身就走。

他却突然把我喊住。他说那你就把那字条给我吧,我帮你跟他们说说,看能不能给你免费登登。

我那时差点要给他跪下,刚要跪下去,我又把腿挺起了。我怕给他造成压力,我心想人家同情你是一回事,电视台给不给你免费还是一回事呢,你要是给他跪下了,电视台又不允许免费呢? 你不是给人家添难题,让别人替你心里难受吗?

我说了两声谢谢后，就走了。

离开电视台的时候，天已经慢慢地黑下来了。

后来，我在路边差点要偷走一辆脚踏的三轮车。

那辆三轮车就停在离医院不远处的一棵树下。我是东张西望的时候突然看到它的，我的心里当时好像嘭地跳了一下，我就站住了。我想我得弄一辆车子把我母亲拉到火葬场去。我往四周望了望，我发现没有人是那一辆车的主人。我一边注意着四周的行人，一边就朝那辆车走去。我以为可能是被人锁在树下的，竟然没有锁。我想这车会不会是烂了。我推了推，却也没有烂。我的胆子就大了起来了。我想我除了偷到一辆这样的车子，我没有别的办法把我母亲拉到火葬场去。但我没有马上偷走，我推着车子在树下来回地走了几圈，我想因此引起别人的注意。我想如果车的主人就在附近，他会跑过来的，他还会大声地喊叫着干什么你干什么动我的车子。但没有人理睬我。好像我玩的那是我自己的车子。

但我决定推走的时候，心里突然害怕了起来。

我突然想起了母亲偷肉的事情。

我怕！

我在树下站了没有多久，车的主人就过来了。他是一个老人家，姓李，是他后来告诉我的。他是买吃的去了。走过来的时候，他手里还拿着一个大馒头，一边啃一边走来，身子沉沉的。走到车子旁边的时候，他看了看我，却没有理睬我，他一边继续嚼着他的馒头，一边推走了他的车子。我不知道他为什么不把我放在眼里。莫非也是因为我的模样已经不太正常？

但我自己却急了起来。

我说你没有看见我吗?

我不知道我为什么这样问他。我应该好好跟他说句什么的,可是我没有。

好在他停下了车来。他回头看着我,嘴里还在鼓鼓地嚼着他的馒头。我发现他吃得很香。我看着他,自己也深深地往咽喉里咽下了一点什么。其实,我咽喉里什么也没有。我已经一整天没有吃过东西了。

我说刚才我想偷你的车。

他说那你为什么不偷?

我说我想偷,可我不敢偷。

他说好,那你就说说,你为什么想偷我的车。

我说我妈死了,我想偷你的车把她拉到火葬场去。

他嘴里的馒头一下就噎住了。

他说你妈为什么死的?

我说自杀。

他说现在在哪里?

我说在医院的太平房里。

他说你家里还有别的人吗?

我说我爸爸离家出走已经很久了,不知道他现在在哪里。

他说你说的是真话吗?

我说是真的。

他说那我去帮你拉吧。

听他那么一说,我眼泪哗地就流了下来。我是真的感动。我没想到我要偷他的车他却是一个好人。

去火葬场的路挺远的。

路上，我告诉李大爷，我母亲就是那个偷肉的女人，我说你听说过吗？他说他听说过。他说那时候整个瓦城都在传说着你母亲的事情，我怎么会没听说呢？他说你妈不是工程师吧？我说不是。我说那是人们瞎传的。他说我就知道不是。我说你怎么知道呢？他说你妈若是工程师那就好了。我说为什么？他说你想想吧，如果你妈是工程师，她偷肉的事情流传得那么厉害，你说我们瓦城的市长会不会跑到你们家去？我说我不知道。他说肯定去。他说他要是一去，你妈的事不就变成了好事了。我好像没有听懂。我说怎么会变成好事了呢？他说，他要是去了你们家，你妈就肯定又有工作啦。我说那他为什么又不去我们家呢？不是都传说我妈是工程师了吗？他说这你就又不懂了吧。我说我是不懂。他说你以为当市长的都是草包吗？他只要派一个人随便去问问，他不就知道了吗？他知道后他就没有必要再到你们家去啦。

我说为什么？

他说没什么为什么。

我说你说的这种话我不懂。

他说你是小孩你还可以不懂。

我就不再作声。

随后他便问我，那你妈为什么还自杀呢？事情都过了这么久了？

我就把我怀孕的事情说了出来。我还没有说完，他就慢慢地把车停了下来。我以为他是累了，我以为他要停下来歇一歇，可他却长长地嗨了一声，然后说：

你妈是一个没有脑子的人。

我说你说得对，她是一个没有脑子的人。

他接着说，你爸呢？是一个混蛋！

这一句我不再吭声。

见我没有说话，他便问了一声，你说是吗？

我还是没有回话。我不知道怎么回他的话。

他便跟着默默地不再说话。

重新上路的时候，我不再上车了。我觉得他拉一个死人已经够重的了，再拉我，那就更重了。我跟在车子的后边慢慢地跑着。不管他怎么叫我，我就是不上。

火葬场需要钱，这一点我是想到了的，我把该交的钱全都交完之后，身上还剩了十来块钱，我就把那十几块钱全都塞进了一个工人的口袋里。我听别人说过，好像给的还要多得多，但我身上没有了。我说我身上就有这么多了，辛苦你了。那工人也没看钱，也没说话，他只是看了看我，转身忙他的事情去了。

回来的路上，我坐到了李大爷的车上，但我没说一句话。李大爷也没有说话，他也许是太累了，直到快要进城的时候，他才开口突然问我。

他说你身上还有多少钱？

我以为他是问我要拉车的钱。

我说没有了。我说全都给了火葬场了。

他就突然地停下车来。

我不知道他停车干什么？我想他可能是想跟我要点拉车的钱。我觉得我很对不起他，我赶忙从车上走下来，然后走到他的身边。

我说对不起了李大爷。你告诉我你住在哪里好吗？找个时间我借点钱给你送去。

我说我一定给你的。

李大爷没有下车，他坐在他的车上，只朝我回过了脸来。

他说几毛钱有吗？

我说一分也没有了。

他说你先摸摸看，要是有，几毛钱也可以。

我就在口袋里到处乱摸了摸。我知道我身上一分都没有了的，但我还是乱摸了一顿。我说没有，一分也没有了。我说我全都给了火葬场了。

他从身上掏出了一支烟，慢慢地烧着。烧着烧着，他从他的口袋里摸出了一叠零乱的钱来，然后，打开他的打火机，抽出了一张十块的钱，递到我的面前。

我当时一愣，我说我怎么要你的钱呢？我说我不要。

他说这钱不是给你的。

我心想不是给我的你递给我干什么呢？

他便告诉我，他说他的三轮车是做拉客生意的，今天拉了我的母亲，他得给它挂点红，也就是避灾的意思，说完这一句的时候他说，这是迷信，你小孩你还不懂。他说不挂红其实也可以，但心里总会有点过意不去。

他说，这年月做生意不容易，你现在还小，你还不懂。

他说，你就当这十块是你的吧，你可以把这十块转送给我，算是给我的车挂红用的,可这十块是刚刚从我身上出去的。这样吧,你到前边的哪一个店里随便乱买点什么,也就是把这十块钱换掉,换成是你的钱,然后你拿五块钱回来给我挂红就可以了。去吧,我在这里等你。

我说好的,那我就先用你的钱吧,反正哪天我会还你的。然后朝前边走去了。

那十块钱后来我买了一瓶酒,刚好是五块钱的,剩下的五块我还有意让那个店主换了三回,我让他给我换一张新一点的,弄得那个店主都烦起了我来。那瓶酒我当然也是给李大爷买的。我想总有一天,我要还他这十块钱的,在还这十块的时候我还得多给他一些,因为这十块本来就是他的,我得另外给他付挂红的钱,还有拉车的钱。那瓶酒就当是今天晚上我送给他喝的。我觉得我那么想是对的,我想我给他买酒喝也是对的。可是,当我拿着那瓶酒和那五块钱往回走的时候,我走呀走呀,好像都走过了他停车的地方了,却就是看不到了李大爷和他的三轮车。

他到哪里去了呢?

我大声地呐喊着,李大爷,李大爷你在哪里呢?

我的泪水都飞了出来了。

我说李大爷你在哪呢? 路的两旁全都是黑乎乎的菜地,哪里都没有李大爷的回音。我就那么站着,站了好久好久,最后只好提着那瓶酒和那五块钱,慢慢地走回城里。

回到家的时候,全身早就软耷耷的。我躺在床上怎么也睡不着。最后我到处寻找,终于找到了母亲的一张照片。我把母亲的那张照片拿出来，从锅里拿了几粒旧饭，把照片贴在一块小小的木板上，然后又找了一块黑布绑在木板的上边。我想我得给她烧点香，让她的魂灵随着升腾的烟雾尽快地升天。

我怕她一直待在家里不走。我怕我会时常地从梦中被她惊醒。

可我到哪里去找香呢？没有。我也不想再到街上去寻找。我从书包里把所有的书全都拿了出来，然后放在一个脸盆里，一页一页地撕下来，当着母亲的面，一页一页地烧掉。

我一边烧一边不停地掉着眼泪。

我想我还读什么书呢？我怎么还读得下去呢？我不读了。我烧了几乎一夜。我睡下好像没有多久天就亮了。天亮后我就睡不着了，但我不想从床上起来，我想就那样继续躺在床上。我想我已经把书都烧掉了，我也不用再去学校了，我还去学校干什么呢？可是躺了没有多久，又突然地爬起了床来。

我突然想起了早上是考试。而且考的是语文。

我想我还是去吧？都学了一个学期了，就只剩下了考试了，我还是去吧。

最后，我在厨房的菜篮里拣了两颗红色的辣椒，拿了一支钢笔，就跑到学校去了。那两颗红辣椒是为了打瞌睡的时候用的，我在前边好像没有说过，我有很多早上靠的都是一颗颗的红辣椒，我一打瞌睡，我就悄悄地把红辣椒拿出来，悄悄地咬上一口。因为我不能老是从座位上站立起来，有时老师也不允许，说我影响别人的学习。

那天早上我迟到了。可我没有想到，全班的同学竟然都在静静地等着我。我刚跑到教室的门口，我还没有来得及喊一声报告，我迟到了。同学们便都直刷刷地朝我站立了起来。

我惊呆了。

他们好像也惊呆了。

这时黄老师朝我走了过来。

他说我们都在等你呢，我们以为你不会来了。

说着黄老师把我拉到座位上坐下。

黄老师说，你家的事同学们都知道了，大家都是晚上看电视看到的，当时我马上就到你家里去了，可你不在家，有很多的同学也都到你家里去了。我们在那里等到了半夜还看不到你回来。你去哪里啦？

我的眼泪哗哗地流了下来。

黄老师的眼泪也在悄悄地流淌。

同学们也在流泪。

我没有想到，我的那一张字条后来上了电视了。

我真的没有想到。

我把那张字条递给那个门卫后，我就再没有去想过它了。再说，我们家早就没有电视看了。我们家的电视，早在我母亲头一次自杀后不久就卖掉了，是我到街边找了一个收破烂的人来买走的，那人原来和我父亲是一个单位的，下岗后就当起了收破烂的了。我家的那一个电视是十八英寸的那一种，他问我买了几年了？我说好像是我小小的时候就有了。他说那可能有十年以上了。我说可能有吧。他说现在这种电视，新的都好便宜好便宜了。我说多少？他说一千块钱就能买到了。我说那我这个电视还能卖多少？他说也就三百块吧。我说我们家这电视从来都没有坏过，一直好好的，三百块太少了。我说你多给一点吧？他说顶多只能给到四百。我说四百也太少了。他说就四百，别说那么多了，四百你卖不卖，你卖我就拿走，你要不卖，那就算了。我母亲这时也从床上爬了下来，站在门边看着我们。我说妈，四百卖不卖？我母亲说，卖吧卖吧。四百就四百，卖了算了。可是数钱的时候，他却只给了我两百。他说，你父亲曾借过我两百块钱一直没有还呢。我当时就哑了。我回头看了看我的母亲。我说妈，是不是？我母亲靠着门没有回答。他说是真的，我不会骗你的，我骗你们干什么呢？不信哪一天你爸爸回来了你问问他。说完他就抱着电视走了。他抱着电视刚一出门，母亲在门边一软，就倒在了地上。

黄老师说，我们相信你会来考试的，所以我们就一直地等着你。

黄老师刚一说完，同学们就呼啦啦地朝我围了过来。他们的手里都这个拿着两块，那个拿着五块，然后一张一张地放在我的面前，放得一桌都是。

同学们的那些钱不是很多，但已经够我充当寻找父亲的路费了。

学校准备放假的前一天，我突然收到了一封信。信是广东那边寄来的，拿到信的时候，我第一个念头就是以为是父亲写的。可是不是。我打开信封一看，竟然是那个该死的马达写的。但他只字不提宾馆里的事件，好像根本就没有发生过似的。那封信他写得很短，他很简单地告诉我，说是他刚刚去了海南一趟，而且在那边看到了我的父亲了。他说我的父亲真的在那边与别人合伙开了一个那种店。马达叫我放假后马上到广东那边去找他，他说他可以带我去找到我的父亲。

信的末尾，是马达在广东那边的地址。

那封信，我是在门外的一棵树下看的，看完后我靠在树的身上，遥望着前边的天空，茫茫地揣想了大半天。

我想，也许他说的是真的。

我又想，也许他说的是假的。

也许，他只是想在我的身上又打什么主意？

但我又不敢不相信他说的可能是真的。

最后，我想我只有去了那里，只有找到了马达我才能知道了。

如果是真的，不管怎么样，我也要把我的父亲拉回来。

如果是假的，那么我怎么办呢？

我想不出我该怎么办。

但我想，我不能不去！

我想，如果是真的，如果我不去我就失去了一次找回父亲的机会。

就这样，我把门牢牢地锁上了。我出门的时候，大约是七点多一点，我想这个时候我是不会碰上什么老师或者什么同学的，我不愿别人知道我去了哪里，但在大街上经过的时候，还是被一位同学发现了，她正跟着她的父亲，要去前边的一家大饭店吃早茶。她的父亲是我们瓦城的一个什么官，她以前跟我说过的，可我忘记了。

她问我，你去哪呢？

我说我去火车站。

她说你去火车站干什么？

我没有告诉她实话。

我说为了下一个学期的学费和生活费，我想利用假期的时间，到外边打工。

她说你会打工吗？

我说怎么不会呢?

她就一副不可思议的样子来,然后拉着她父亲的手,往前走了,去吃她的早茶去了。那些早茶都吃的什么东西,我不知道,我只是曾经听她说过,说是有很多很多好吃的,并不仅仅是喝什么茶水。我站在大街上看着他们的背影,想了一会儿他们就要吃上的早茶,最后,我突然想到我也应该买点什么吃的。于是,我掏出了几张碎钱,在路边的地摊上买了两个又白又大的馒头,一边啃着,一边赶往我的车站。

◆◆◆

瓦城上空的麦田

我六岁多快七岁那年,母亲被别的男人偷走了。当时我不知道,我只知道我们家的床上怎么突然间空了一个人。我问父亲,我妈呢?我妈怎么空空的了? 父亲没有回答。父亲只是朝我拉着那张老脸,像是拉扯着一块抹布。父亲那年已经是一个老头了。我母亲不老。我母亲比我父亲小好多好多,而且长得好看。我们三人走在一起的时候,很多人都在背后指点着我的父亲,说他应该是我的爷爷。但我没见过我的爷爷。我母亲也没见过我的爷爷。我不知道我的父亲为什么不去找回我的母亲。我只是发现,父亲时常一个人坐在那里,呆呆地想着什么,一边想一边狠狠地咬着牙,空空地啃着,啃得很苦很苦的样子。

过了没有多久,好像是下了一场连天的大雨,雨一停,太阳出来了。阳光刚刚照在我们家的门槛上,有人就跑了过来,跑到我们家的阳光里,然后对我说,你也七岁了,你跟我们一起到学校去报名去读书吧。我跟着他们去了,我交了钱,我领到了书,我还上了两天课。第三天,我正在教室里歪头写着我的作业,父亲突然闯进来把我拉走。老师当时就站在我的旁边。那是一位女老师,长得跟我妈一样好看,胸脯也是那种高高的,像两座摇摇晃晃的山。她对我父亲说,你这是干吗？我父亲说不读了，我儿子他不读你们的书了。说着把我的课本统统塞到老师的山头上。女老师吓得往后一退，但她拖住了我父亲的胳膊。她说你不能这样，你不能不给你的儿子读书，你没有这个权利。父亲没有跟她多嘴，他把胳膊往外一抡，就把女老师抡到了一边。父亲拉着我，直直往学校门外走去，一边走，一边在嘴里骂着那位老师，什么权利？你他妈才没有权利！我听不懂他们说的权利是什么。我就像一只小鸡，被父亲紧紧地提在手里，两只小脚不停地离开地面。

父亲告诉我，我们不读书了，我们到城里去！

我说城里在哪里？

父亲说，到了你就知道了。

我提着两条细细的小腿，就这样跟在父亲的身后，走呀走呀，一直走到天黑，我们才走到了瓦城，从此开始了捡垃圾的生活。

我曾以为，我的母亲也在瓦城，我以为父亲把我带到城里，不只是为了捡垃圾，同时要捡回我的母亲。但父亲提都没有提起过。直到四年前的冬天，他病倒在了床上，我才从他的嘴里知道，我的母亲其实不在瓦城。我不知道父亲得了什么病，父亲也不知道，因为我们不上医院。父亲只是觉得呼吸越来越困难了，他觉得胸膛里的空气越来越稀，越来越少，越来越不够用了，就好像桶里的米一样，一天比一天少了，眼见着就要见底，眼见着就要吃没了，只等哪一天一场大风忽然吹来，那米桶就会把屁股翻起来，然后随着大风呜呜地叫着，然后朝另外一个世界飘去。我父亲说，真要翻就翻吧，他不怕。父亲怕的是，他翻了我怎么办？我那年才十一岁。他因此把我叫到床前，让我坐在他的床边，让我挨他近一点，再近一点。他说他不能大声说话

115

了，如果大声说话，也许只能说完两句，也许两句都不能说完就断气了。我说那你就慢慢说吧，你别大声。我说你小声一点我能听见。

父亲说，我可能要死了，你知道吗？

我说我知道。

父亲说，我有一句话要留给你，你一定要放在心里，你要给我牢牢地记住。

我说只要好记，我会记住的，你说吧。

他说不，不管好记不好记，你都要给我牢牢地记住。

我说好的，那我一定牢牢地记住，你说吧。

父亲没有马上告诉我，而是把话绕到了远处，绕到死后他看不到的地方。

他说，你能不能先告诉我，我死了你怎么办？

我说回家。

我说你死了我马上就回家去。

那时候我还不太喜欢瓦城，我知道瓦城好，但我觉得瓦城是别人的瓦城，不是我的。我们住的房子在瓦城并不叫房子，而是一种乱搭乱住的棚子，我们干的活在瓦城也是最脏的活。我不喜欢。我还是喜欢我的村子。村里有山有水，有田有地，什么都有，爱怎么玩就怎么玩，可是在瓦城，哪里都是别人玩的地方，哪个好玩的地方我们都进不去，我们只能在远处两眼傻傻地看着。父亲却因为我的回答伤心起来，他突然忘了胸膛里的空气已经不多，他的声音突然大了起来，大得叫人感到恐慌。

他说不！我死后你千万千万不要离开瓦城，你知道吗？

父亲要留给我的，其实就是这么一句。父亲的两眼跟着就流下了泪来。

他说你知道我为什么把你带到瓦城来吗？

我说知道，你是带我找妈妈来的。

父亲的声音就又大了起来，他说不！我们不找她，她也不在瓦城。她跟一个男人私奔了，他们去的是另一个城市，那个城市叫米城。

我说米城在哪？

父亲说米城在米城，等你长大了你就知道了。

我说，那我们来瓦城干什么？

父亲说，我是为了让你有一天能成为瓦城的人。

我说现在我们不是瓦城人吗？

父亲说不是。

父亲说，只要你自己不离开瓦城，只要你永远在瓦城住下去，总有一天你会成为瓦城人的你知道吗？他说，你别小看你现在只是一个捡垃圾的小孩，你要知道，捡垃圾也是能够发大财的，等到你有了钱了，你就在瓦城买一套房子，那时候，你就是真正的瓦城人了，你知道吗？

我没有作声。我不知道那一天会是哪一天。

父亲说你听到我的话了吗？

我说听到了。

他说你不能光是听到，你要给我牢牢地记住你知道吗？

我没有作声。

父亲忽然又急了起来。他说你记住了没有？

我说，你就是为了这个不让我读书的吗？

父亲说对。他说我们村里有那么多读书的人，你看他们有哪一个成了城里人呢？没有！一个也没有。为什么？你知道为什么吗？

我不知道为什么。我那时才十一岁，我怎么知道呢？我没有回答。

父亲也没有回答。

父亲只是说，只要你不离开瓦城，我们村上的任何一个人，不管他们读过什么书，只要他们还住在村上，他们就永远也比不上你，你知道吗？

看见我还是没有回答，父亲便问，你知道是谁把你妈偷走的吗？

我说我不知道。我没有见过那个男人。

父亲说，我告诉你吧，偷走你妈的那个男人，就是一个捡垃圾的，可他有钱啊，他是捡垃圾捡成了有钱人的，你妈一看到他手里有钱，脚就软了，就跟着他走了，就不要我们了。

我恍然地呵了一声，好像蒙在眼睛上的一层什么突然被撕开了，突然间什么都清楚了。

而父亲的眼睛却一直在流泪。

想起母亲被别的男人偷走，父亲的眼泪总是堵不住。

他说你能向我保证你永远都不离开瓦城吗？

我于是答应他，我说好的，我向你保证。

父亲的眼泪这才慢慢地停在了眼角。

我父亲后来没死，后来又好好地活了下去，活了一年又一年，而且再没有生过那样的病。

说实话，如果不是因为前不久遇着了李四，我父亲如今还会活得好好的，而且还会一直地活下去，一直活到我在瓦城买下房子的那一天。

都是因为李四！

◆ ◆ ◆

李四不是捡垃圾的。

李四和我父亲一样，也是山里的一个老头，但他们的山比我们的山还要偏远。李四的几个孩子，也没有一个是捡垃圾的，他们都是瓦城真正的市民，他们都念过很多的书，他们是念书念成了瓦城人的。这一点，我父亲不能与李四相比，我也不能和李四的孩子们相比。我父亲遇见李四的那一天，是李四的生日，李四是为了过生日从山里跑到瓦城来的。那一天他整整六十。李四对我说，人的生命走完了六十，就相当于走完了一个大圆圈，往下走，那是另一个圆圈的开始，也就是第二个圆圈，而这第二个圆圈是谁也走不完的，谁都是走完一天算一天，走完一年算一年，谁也说不准哪一天咣当一声就走不动了。他因此很看重走满六十岁的那一天，他希望他的孩子们都能回到他的身边来，一家人热热闹闹地杀它几只鸡，喝它几杯酒，然后再点放几笼鞭炮。但天亮的时候，他便怀疑了，怀疑他的孩子们也许不会回来，也许，他们已经把他的生日给忘了，因为他们已经好几年没有回家给他过生日了，往年的这一天，他总是摇摇头便原谅了他们，但那天，他愤怒了！

当时他坐在门槛上。

天亮起来他就一直地坐在门槛上。

他老伴也坐在门槛上。俩人都默默地坐着，谁也没有吭声。

太阳快要起来的时候，他忍不住了，他问了一声你说，他们今天会回来吗？

他的老伴当时正一动不动地望着远处，望着远处的一朵白云。李四说，那是一朵湿漉漉的白云，那种白云在瓦城是永远看不到的。那种白云好像在慢慢地飘，又好像总是一动不动。他老伴经常看着那种湿漉漉的白云发呆。她没有回过头来。

她说我怎么知道呢？不回来就又是忙呗。

李四说他不喜欢她这么回答。哪一年她总是这一句，好像她已经习惯了，她无所谓了，她好像已经不再期盼着他们的回来。

李四说，忙就可以不回来给老子过生日了？

他老伴没有回话。

他说那我养他们干什么？

李四说着就愤怒地站了起来。

他老伴这才回过头，然后仰望着，就像仰望着屋头上的太阳。

李四告诉她，今天是老子的六十岁生日你知道吗？老子六十岁的生日他们都可以不回来，你说，你说我养他们干什么？

说着，他猛地一脚，踢开了老伴的双腿。

他说早知道这样，当初生他们的时候，我还不如一个一个地抽掉你屁股下的床板，我让他们从这里，从你的大腿这里，一个一个地掉到床底去！

那里当然不是床底，那里只是一块很大的青石板。

他老伴知道他确实愤怒了，她看了看脚下的青石板，然后把腿拢上。

李四却不让，他一脚又踢开了。

他说生他们的时候，我们忙不忙？我们也因为忙就不要他们，就把他们统统地丢到床底，你说，你说他们还会有今天吗？

李四说着转身就跨进了屋里，然后扛出了一坛黑米酒。

那是他每年为自己的生日亲手酿制的一坛黑米酒，他说他整整陈了一年了。

他告诉他的老伴，今天这个生日，老子不在家里过了。

他老伴一下就吓慌了，她从门槛上慢慢地站起来。

她说你要去哪儿？

李四说，老子到他们城里去！我要看看他们是不是把老子的生日给忘了？

他老伴一下急了，她说他们要是真的忘了呢，他们忘了今天是你的生日你怎么办？

李四原来没有想到这一点，他被问住了。他想是呀，他们要是真的忘了今天是老子的生日，老子怎么办？

于是，他想起了身份证。

他随即对她吼起来：我的身份证呢？把我的身份证给我找来，快点！

他老伴却愣了，她说你要身份证干什么？

李四说，没有身份证我晚上住哪儿？

他老伴的脑子一下就糊涂了。她心里可能想，你不是去找孩子们的吗？你不住在他们家里你还能住哪儿呢？李四告诉她，他们要是忘了今天是老子的生日，我就不住在他们的家里，我不住，我为什么要住？他老伴说，那你还去干什么呢？李四说，我不去他们怎么知道今天是我的生日呢？他老伴说那就对了呀，你去了你告诉了他们今天是你的生日，他们还能不给你做生日吗？他们给你做了生日，你还要什么身份证，还找什么地方住呢？

李四说我为什么要告诉他们呢？他们要是忘了今天是老子的生日，我为什么还要告诉他们呢？老子拿着身份证，哪一个旅馆不可以住一个晚上呢？老子有这坛黑米酒陪着，我可以喝它一个通宵我怕什么呢？

他老伴觉得不对头，她说那你就别去了，你还去干什么呢？

说着把手伸过来，要把酒坛给他拿下来。

李四却不给，他狠狠地打掉了她的手。

他说快去，快点给我找来，快点！

他老伴只好转身哆哆嗦嗦地走进了屋里。

李四说，那天她是真的被他给吓慌了，她找到身份证走出来的时候，他看到她的手在不停地打抖。他知道，那是她的心在发慌，是她的心在暗暗地打抖。但李四没有替她想这些，李四觉得她的手一抖一抖的，他看了心里难受。他指着她的手就骂了起来。

他说你这是怎么啦？你有病啦你？

他老伴没有回答。她把身份证递给他，让他快点拿走。

李四却不接。他让她把手停下来。

他说你到底怎么啦？你怕是不是？你怕什么？老子到城里过生日，我有什么不对吗？你以为我去找死呀？你怕什么呢？

她的手却越抖越厉害，那身份证在她手里抖着抖着，差点就要掉到地上。

李四也更加愤怒了，他说你换一只手行不行，你这样抖来抖去的，是存心让我难受呀？

他老伴没有给他换手，而是把身份证塞进了他的手中。就在这时，李四看到她的眼里拉下了两滴长长的泪水。那两滴长长的泪水，就像两条长长的绳子，李四说后来一直挂在他的心中。李四说，如果在往时，他的心会被牵住的。但那天不行。他的心那天比石头还硬。他收起身份证就转身走了，他丢下她孤零零地站着。他想象不出，她那两滴泪水后来流到什么时候才会停下。但他知道，她会一直那么站着，可怜兮兮地看着他的背影，一直看到没有了人影，然后收下身子，孤零零地坐在门槛上，然后伤心地哭起来。他知道她的哭声不会太大，她会把那种声音默默地压在心底。她是哭给自己听的，她会一边哭一边不停地数落着她的那些孩子，数落他们千不该万不该，不该忘了他们父亲的生日。

他想，她会那样唠唠叨叨地哭下去，一直哭到他在瓦城下车的时候。

◆ ◆ ◆

李四在瓦城下车的时候，瓦城的太阳已经没有了。

一路上，李四都在想，他想他们一定是忘了，一定是真的忘了的，但他总是希望有一个孩子还能记住，哪怕这个孩子是因为看到了他的到来才忽然想起的，他想这也没有关系，只要能想起来就可以原谅他，原谅他确实是因为太忙，确实是真的走不开，所以才没有回家给他做生日。

可这一个孩子是哪一个呢？他怎么也想不出。

他站在瓦城的街头上，望着满街下班的人群，心里乱糟糟的。

李四一共三个孩子，一个女的两个男的，一个叫李香，一个叫李瓦，还有一个叫李城。

李城是他的小儿子，一直还一个人过着，还一直没有找到对象。如果先上李城那里，弄不好门是锁着的，弄不好等到后半夜都见不到他的人影。他想不行，他不能先上李城家。他得找一个屋里有人的，那就是李香了。李四的三个孩子里，就李香是一家三口，他的外孙女艳艳都快高中毕业了，这时候的艳艳肯定已经放学回来了，但是她爸爸妈妈呢？他们要是不在家，艳艳会知道今天是她姥爷的生日吗？她不会知道的。她不会知道。算了吧，看来还是先上李瓦家。李瓦是李香的弟弟，李城的哥哥。结了婚，但还一直过着两个人的生活。在李四的三个孩子里，李四知道李瓦是混得最好的。李四想，李瓦可能不在家，但他的老婆谢晓不应该不在，她应该下班后就回家给李瓦做饭，要不还算什么好女人？

就这样，李四敲开了李瓦家的房门。

◆ ◆ ◆

李瓦不在家。谢晓告诉李四，一下班李瓦就跑到瓦城酒店订桌去了。那当然不是为了他的父亲李四，而是为了他们的局长。谢晓说，那餐饭李瓦早就跟局长说好了，可局长一直没有给他时间，便一直地拖着，一直拖到了那一天。谢晓是回来拿酒的。她手里提着四瓶茅台酒。

谢晓说爸，你来得正好，你也一起去吧。

李四却不去。

他说他请他的局长吃饭,我去干什么?我不去!

谢晓不知道怎么办。她掏出手机告诉李瓦,她说爸来了,你爸来了。李四坐在沙发上,但他听到了李瓦在手机里的声音,李瓦说,他来干什么?谢晓说我不知道。李瓦说那就让他一起来吧。谢晓说我说了,他说他不去。

不去!

李四再一次说道。

谢晓说你听到了没有?他说他不去。那就随便他,李瓦说,那你问问他,他想吃什么,你让楼下的小炒店给他送上来。谢晓放下手机问,爸,你喜欢吃什么?李四说不吃。他说你们吃你们的去吧,我不吃。我歇一下就走,我去你们大姐家。就这一句,谢晓的神色轻松了,她说那就随便你。她说,那我走了,他们在等我呢。李四说走吧走吧。她便下楼去了。谢晓下楼没有走远,李四就抓起了桌面上的一只茶杯,狠狠地摔在了地面上,摔得满屋都是。

◆◆◆

李香一家三口正在吃饭,一看见李四进来,几乎都同时地放下了手中的碗筷。最先尖叫的是艳艳,她说哇是姥爷,姥爷来了!然后是李香,她说爸,什么时候到的?跟着接话的是李香的丈夫刘大奇,他说是刚下的车吧?怎么这么晚呢?

刘大奇的手很长,远远地就伸了过来,把他肩上的酒坛端走了。

李四心里说光热情有什么鸟用呢,老子想听到的不是这些。

他因此一屁股重重地坐在沙发上。

他说不！我是从李瓦那里过来的。

李香的嘴里于是呵了一声，把手停在了冰箱上。

她说那你要不要再吃点？冰箱里有菜。

李四说不用。他说你们吃你们的，你们不用管我。

刘大奇说，那就让爸歇着吧。他说爸，那你看电视吧。喜欢看什么？我来帮你调。刘大奇长长地伸过手来，要拿桌上的遥控器，但艳艳的手闪电一样，把遥控器抢走了。她说姥爷，我来帮你调，你说，你想看什么？李四说，你给我，我会调。李四不想调，他坐在那里就像一只被干烧的铁锅，就差没有冒火了。他胡乱地调调调，调出了一个唱歌的女人，然后，把遥控器丢在了沙发上。

吃完饭，李香一家三口都出去了。

李香下岗后借钱买了一辆桑塔纳，在忙着跑出租，她恨不得三天内就把借款统统还上。

她说爸，哪天我拉你在城里逛一逛！

李四说不逛，逛街有什么意思，我又不是来逛街的。

李香笑了笑，就出门去了。

李香没有听出父亲的话藏着话。

刘大奇说他夜里值班，也出门去了。

他说爸，明天晚上我陪你好好喝两杯。

李四说喝什么喝？你会喝酒吗？

最后走的是艳艳，说是去补习英语，准备高考。随着房门咣一声关上，屋里转眼孤零零的只剩了李四一人。李四坐了一会，也愤怒了，他摇摇头，又骂了一句：

我操你们的妈！

骂完，他抓起身边的遥控器，往地上狠狠一砸，砸得粉碎。

他让电视里的大嘴女人继续哇哇哇地唱着，他懒得把她关掉。

◆◆◆

李城正牵着一个女孩的小手，在马路上散步。看见父亲的时候忽地一愣，把女孩拉住了。他告诉她，这是我爸。那女孩随即深深地鞠了一躬。她的腰很细，鞠得很深，李四等了好久，才看到了她那浮起的脸面。李四觉得还长得不错。他看了看李城手里的那只小手，心里忽然就有了一点好受。

他说你们要去哪？

李城说没去哪，吃完饭，随便走走。转身要领父亲回家，李四却把李城拦住了。他顺势在李城的胸膛上拍了拍：

他说去吧去吧，散你们的步去吧。不用管我。

李城当真就停住了，他笑了笑，说，真的？那我们走了？

李四说走吧走吧。一边说一边把手挥过了头顶。

李城牵着那个女孩的小手，真的就走了，走了好远，才被李四喊了回来。

他说你先给我开门呀，你不开门我怎么进！

李城这才笑笑地跑了回来。李四心里便暗暗地骂，他说这兔崽子，有一个女孩牵着，就把给老头开门的事给忘了？晚上老子要训训你。可他哪里想到，李城却不让他留下，门一开，李城就把他缠住了。

李城说爸，晚上你准备住哪儿？不会住在我这吧？

李四一听什么话？他说你什么意思？

李城说你能不能帮个忙，先住我哥我姐他们那，你看我这，就这么一张床。

李四说一张床怎么啦？你睡你的，我睡我的，我们一人睡一头。

李城的那张脸，一下就皱成了一团。

他说爸，你刚才没看到呀？

看到什么？李四愣了半天才明白了过来，他说好好好，我不住，我不住，我歇一下就走。

李城这才笑笑地出去了。

这一次李四没有砸东西，也不骂，他只觉得全身真的像被抽走了什么筋，抽得他一身软耷耷的，他一点力气都没有了。他喝了半杯李城剩在桌上的茶水，紧紧地抱着那坛酒，然后慢慢地往外走来。

◆ ◆ ◆

我父亲就是随后遇着李四的，那是在大街上。按往常，我和我的父亲，我们每天都遇到许多不幸的人，但没有几个被我们放在心上的，我们总是泛泛地看两眼，转身就走了，捡我们的垃圾去了。用我父亲的话说，真放在了心上了，又能怎样呢？你同情他，谁同情你？我父亲的意思是，可怜的人多着呢，你同情得过来吗？

但他偏偏碰上了李四。

李四来到大街上的时候，到处已经灯火辉煌，但李四的心情却黑灯瞎火的。他扛着那坛黑米酒，两脚软耷耷地走着。他想，看来得真的找一家旅店住下了，住下了再好好地想一想，想一想这几个孩子到底都怎么啦，怎么就把老子的生日给忘了？

于是，他掏出了身份证。

然而就在这时，他发现他的手竟然也在颤抖。

他忽然就想起了早上的老伴来。他想这是怎么啦？他不知道为什么。他咬着牙，想让手上的身份证停下来，他希望它不再颤抖，可他越是使劲，身份证就越是抖得厉害。他不由骂了一句，你他妈的今天怎么啦？一边骂一边把酒坛换过去，把身份证换到另一只手上。但那手也一样地颤抖。好像颤抖的原因不是因为他的手，而是因为那张身份证。李四说怪了，怪了，他妈的怪了！他说这身份证他妈的到底是怎么回事？怎么这么操蛋呢，他有点不肯相信，他把酒放在了地上，把身份证丢在酒坛的上边。他想他的手可能是怎么麻木了，手一麻木，就常常不太听话，他于是来来去去地甩动着。

但一点用处都没有，甩完了手，那身份证还是一样地颤抖。

我猜想，那一定是他的心在发虚，那是他的心里没底，他对他进城的事情感到了恐慌。接着他便想，他要是这样拿着身份证走进人家旅馆去，人家会说他是有病的。他知道旅馆里都是一些漂亮的小女孩，他会把她们吓坏的。

于是他把肩上的酒再次地放下来。他想先找一个地方喝它两口酒。他想喝下两口酒，他的手也许就好了，也许就不抖了。他四下看了看，最后他看到了一个地方，那是不远处的一块绿地，绿地里有两三张水泥桌，其中有一张正好空着。

他捧着黑米酒，走了过去。

因为是心太急，因为手还在暗暗地发抖，他把酒坛捧到嘴边，一股酒水就猛地扑了出来，满满地灌了他一嘴，还灌到了他的脸上，弄得他满胸都是。呛得他不停地咳着。

就在这时，他听到了一串嘲笑声。

那人就是我的父亲。

我父亲就坐在不远的另一张桌子边。

他是捡垃圾捡累了坐在那里的。

我当时不在，我到别的地方玩去了。我晚上一般不再捡垃圾。

李四知道我父亲在笑他，他把嘴边的酒擦了擦，就朝我父亲看了过来。他知道我父亲是捡垃圾的，他说因为我父亲的手里拿着一把长长的钎子。李四自己也笑了，他朝我父亲招过了手去。让我父亲过来跟他一起喝酒。我父亲肯定明白他的意思，但我父亲坐着不动，他只是对着他笑着。父亲的那种笑其实是一种傻笑，但李四说，你父亲的笑特别地礼貌，他就捧着酒，朝我父亲走来。

喝酒吗？他问我父亲，陪我喝几口，怎么样？

他拍拍那坛黑米酒，这可是深山的黑米酒，不信你闻闻？

他哪里知道，我父亲其实是个酒鬼，别说是他的黑米酒，就是一般的水酒，只要有酒味，只要能闻到，走在大街上他都会悄悄地放慢他的脚步。

而李四却说，你父亲真是一个好人，他闻都不闻就点头答应了。

你父亲真他妈好！好人！

李四随即把酒坛推到了我父亲的面前，他叫我父亲喝！

我父亲却没有端起，他说换个地方吧，这怎么喝呢？

李四说好，那我到旅馆开个房，我们到旅馆好好喝去。

我父亲说不用，开什么房呀？你要是不嫌弃，到我那里去，我们慢慢喝，怎么样？

李四问都不问你家在哪，他抱着酒坛就站了起来。

路上，李四告诉我的父亲，说那天是他六十岁的生日，我父亲马上停了下来，他说真的？李四说当然真的。我父亲马上往街边一家熟食店走去，掏钱给李四买了一块长长的红烧肉，回家后又替李四切成了方方正正的六十个小块，整整齐齐地摆在一个菜盘里，摆在李四的面前，然后请李四下筷。

你先来，今天是你的生日，你先来！我父亲对他说。

看着那切得整整齐齐的六十个方块红烧肉，李四说，他的眼泪哗地就流了下来，他想他的那几个孩子，怎么连一个捡垃圾的老头都不如呢？

我想象不出，那六十个方块的红烧肉，我父亲切成什么模样。那天晚上我回来很晚，我走进住棚的时候，他们早就喝醉了。他们就扑在桌边，在响亮地打着呼噜。那六十个方块的红烧肉，早就被他们吃得精光，桌上只剩了一个空空的盘子，两个空空的酒碗，还有就是那个黑黑的酒坛。

我当时不知道那就是李四，我以为也是一个捡垃圾的，很多捡垃圾的老头，都爱找我父亲喝酒。我把他们两个一一地弄到了床上，给他们放下了蚊帐，便找别的朋友搭铺去了。我们家的那个住棚里只有一张床，那张床睡不下三个人。我不走也得走。

但我没有想到，那一走，就再也见不到我的父亲了。

131

◆◆◆

那天夜里，我也喝了半碗黑米酒才离开了住棚。

那确实是一坛好酒，很香，香得我受不了，我捧起来摇了摇，发现至少还有半坛。我先倒了一点在碗里尝了尝，接着又连连倒了三次。那酒喝进去的时候，一点都不像别的那些水酒，一点都不辣，一点也不烧，喝完了你的咽喉还是舒舒服服的，走在路上的时候，你才慢慢感到脸上有点温热，那种温热是一种全身都很舒服的温热，就像小时候把脸贴在母亲的大腿上，那是一辈子都忘不掉的一种感觉。我真想不明白，李四的孩子们，怎么就忘了那种黑米酒的滋味呢？

就因为那半碗黑米酒，我在朋友的住棚里一直睡到了第二天的中午，醒来后，我首先想到的还是那坛黑米酒。我想我父亲他们就是醒来了，也是喝不完的。我拉着那位朋友就一起往回赶。我那位朋友叫作溜子。我想让溜子也尝一尝那种黑米酒的美味。

然而，那坛黑米酒已经被他们喝光了。

我带着溜子走进住棚里的时候，住棚里一个人也没有，只闻到一股香喷喷的酒味。我没想他们已经喝光。我指着摆在桌上的酒坛对溜子说，闻一闻，你先闻一闻，你闻闻这味道怎么样？溜子的鼻子早就吸得满屋都是咝咝咝的响声，他笑着脸，嘴巴往一旁的耳朵歪着，说他妈的这味道真的不错。说着把酒坛搂进了怀里，摇也不摇，就高高地捧了起来，嘴巴大大地在酒坛下张开着。我知道他那是禁不住了，我知道他想先喝两口再说。我没有阻拦他。我站到旁边用手护着那个酒坛，怕他一不小心砸了。

我说慢点,你慢一点,你不要着急。

谁知溜子的大嘴等了半天,只接到了一滴、两滴、三滴,第四滴一直挂在坛边,拍了两拍才肯落下。

溜子没有作声,他把嘴里的三滴酒细细地品了品,然后把酒坛塞进我的怀里。

我摇了摇,酒坛里,声音确实空空的。

我当时有点难堪,我觉得有点对不起溜子。

我突然将酒坛愤怒地举过了头顶,然后狠狠一砸,把酒坛砸得粉碎。

也许,就在那酒坛落地时候,我父亲在大街上出事了。

我父亲他喝醉了酒,李四也喝醉了酒,他们两个老头正在大街上摇摇晃晃地走着,突然,他们站在街道中央让车的时候,父亲伸手抓住了一根从眼前飞过的木头。那是一辆装满了木头的大卡车。父亲的嘴上好像还骂了一句什么,但李四没有听到,他刚要拉住我的父亲,那木头已经把我父亲拉走了,我父亲往前跟跑了几步,最后狠狠地摔在了一个花坛的边边上,把脑袋的一半给摔飞了……

◆ ◆ ◆

李四说,是我父亲拉着他上街去的。

天亮的时候,他本来要赶早回家,他抱起酒坛的时候,发现剩下的酒还挺多的。他叫我父亲找两个空瓶来,他说坛里的酒给你留着吧,我把酒坛拿回去。我父亲却抓来了两个大饭碗,咣咣地放在了桌面上,他说找什么找,喝!喝完了你把酒坛拿回去。李四说不行,我待会还得回家呢。我父亲笑了笑,一眨眼就把两个大碗灌满了。李四没办法,

133

只好笑了笑，俩人又喝了起来。喝完我父亲告诉他，回去干什么？找你那几个兔崽子去，我帮你！他说你既然来了，你就不能不让他们知道昨天是你的生日，走！我跟你一起找他们去。李四说他不想去，他觉得生日都过了，再找还有什么意义呢？无非是他们给你补一餐，那又怎么样呢？他说他要的不是这些。不是。一点都不是。他告诉我父亲，有些东西是永远也补不回来的。他说算了。我父亲说不能算了，怎么能就这样算了呢？他说该要的东西，你就必须要回来，不要你就永远也得不到。

我父亲拉着他，就到了大街上。

李四说，都是因为他。

他说，你父亲的死，我是有责任的。如果我不邀他陪我喝酒，他怎么会出事呢？

但我父亲倒在地上的时候，李四却没有想到我父亲已经死了。他说坛里剩下的酒，他们是平分喝掉的，两个人的醉，也是一模一样的。我父亲倒地的时候，他身上的酒恍恍惚惚醒了些，但没有完全醒来。他说在他的一生中，不知见过多少死人，但没有见过像我父亲那样死的，脑壳有一半都飞走了，飞到了远远的一边去。我父亲倒地的时候，他以为我父亲还活着，他扑过去就抱住了我的父亲，他不停地呼喊着救人呀，救人呀！一直喊到来了警察。

警察一来就把他拉走了，但他还不停地往我父亲扑回来，他让警察们帮他把我父亲快点送到医院去抢救。他说医院在哪里？你们快点帮我呀，快点帮我送到医院去，你们听到了没有！

我知道那些赶来的都是交警，是专门管理交通事故的。那些人见过的死人多着啦，什么样的死他们都看到过，他们对我父亲那块飞出去的脑壳，没有太多的惊讶。他们只用粉笔在脑壳的外边画了一个大圆圈，然后就留着了，还有一个大圆圈，是把我父亲圈起来。李四便大声地喊叫着，画什么画，你们画这些干什么？你们快点帮我送他去医院呀！他在他们的手里拼命地挣扎着。

他们告诉他，人都死了，还送什么医院。

李四还是不信我父亲已经死了。他说他们乱说。他拼命地扑腾着，叫喊着。

一个警察气愤了，把李四拉到我父亲的脑壳边。

他说你看到没有，这是他的脑壳，他脑壳都飞出来了，你看到没有？

李四说我知道这是他的脑壳呀，可你看到他流血了吗？他一滴血都没有流呀你看到没有？

李四也拖着那个警察，拖到我父亲的旁边。

那警察这才突然愣了一下，他也弄不清我父亲为什么没流出一滴血。这是李四对我说的，他说他可能一辈子都弄不清楚，我父亲为什么没流一滴血。可事实上我到我父亲倒地的街面上看过，我父亲的血不仅流了，而且流了好大的一摊，这是地上那块乌黑的印子告诉我的。我不知道当时的李四为什么看不到。可能是酒多了，把眼睛喝红了，所以什么都看不清了。

李四身上的酒气一下就被交警们闻出了。

那交警马上抓住了他，你们刚才喝了多少酒？

李四猛一把将那警察压倒在地，让那警察的脑袋紧紧地靠在我父亲的嘴边。

他说你问问他吧，你问问他，我们喝了多少酒？

李四自己都不敢相信，他哪来的那么大的力气。但随后倒地的，便是他李四，几个警察呼啦啦上来，就把他给放倒了。

李四说，那天他是真的喝多了，醒来后，才恐慌得全身都在不住地打抖。他原先想回家的念头是一点都没有了。醒来后便到处地奔跑着找我。是交警让他找我的。交警问他，他家里还有什么人。李四说有一个儿子。交警说，那你帮我们把他找来吧，快点。李四便到处地奔跑着。他当然找不着我。那天我不再捡垃圾。为了给溜子一个交代，我在街边的小店买了六瓶瓦城啤，喝完我们就玩别的去了。

李四为了找我，说是跑得全身是汗，他的脑子里一直记着他们的一句话，他们说，让你去找人你可不能溜了，你要是不回来，我要找你的！这话当然是一个交警对他说的。他还真是怕警察等他等久了，他怕警察等急了，他跑着跑着，很快就又跑回到警察们的身边。警察们说没找着人你回来干什么？再去。他就又跑了回去。跑回跑去了几趟之后，他决定不再跑了，他对警察说，我不找了。他说我都跑遍了你们瓦城了，我哪里都找不着他。

直到这时，一个警察才问他，他儿子干什么的？

李四说，捡垃圾的。

警察一听，马上就换了脸上的表情。

他问李四，那他是干什么的，也是捡垃圾的？

李四说对，也是捡垃圾的。

李四还告诉他们，说我们都不是瓦城的人，我们是从山里跑到瓦城捡垃圾来的。

警察接着便问道，你呢？你也不是瓦城的吧？

李四摇着头，说不是。他说我也是山里的。

那警察于是张大了嘴巴，空空地呵了一声，他说我还以为他儿子是哪单位的呢？一个捡垃圾的你怎么找？弄不好十天半月都找不着，你信不信？

李四说那我怎么办呢？

警察说，你说你怎么办吧？

李四不知道怎么办。他说你说我怎么办呢？

警察说，你还能怎么办呢？你不是他的朋友吗？你帮他送到火葬场去吧。

李四当时有点迟疑，他说我帮他送可以吗？

警察说，怎么不可以呢？他儿子你又找不着，你当然可以帮他送去呀。

李四想了想，说，好的，那我就帮他送去吧。

警察说好的，那就这样，那我给你写个证明吧，否则人家也不帮你火化的。

可李四没有想到的是，那警察给他证明的时候，竟把我父亲的名字写成他李四的名字了。警察问什么名字？李四以为是在问自己，随口说李四，木子李的李，一二三四的四。那警察跟着还重复了一遍，说好，木子李的李，一二三四的四。就这样，那证明上的名字就成了李四了。其实，他在写证明的时候，应该问问身份证的。李四说，他没问，所以他就没有给他，他要是问，他会给他的，因为我父亲的身

137

份证一直就在他的身上。他是因为在住棚里等不到我，才跑回来从我父亲的身上拿走了身份证的，他拿着我父亲的身份证到处去问人，他说你们认识这个人吗？你们认识吗？他是捡垃圾的，我想找他的儿子，他的儿子你们认识吗？那警察不问的理由，可能是李四告诉过他们，说我和我的父亲不是他们瓦城的人，说我们是山里来捡垃圾的。当然，也许不是。不是又是什么呢？我无法知道。

那警察把写好的证明，放在一个信封里，还用订书机在信封口订了一颗钉子，然后递给李四，让李四跟着一辆车子，把我父亲送到了火葬场。那封信李四不敢打开，不敢打开的原因就是警察在信封口订上了那颗钉子。到了火葬场，他就按照火葬场的规矩，把那封信交到了一个窗户里。窗户里坐着一个光头的男人，那光头低着头忙着，忙完头也不抬，只对窗外的李四说，明天来吧，明天中午十一点。

李四一下就愣住了，他听不明白。他说明天中午还来干什么？明天我没有时间了，明天我要回家去，我的家在很远很远的深山里。

那光头这才竖起了脑袋来，他嘴巴张得开开的，好像窗外的李四是他没有见过的怪物。

光头说，你的意思是什么？你是说，告别仪式呀这些，你不给他搞了？你想马上给他火化，你想把他的骨灰马上拿走？

李四连连地点着头，他说对对对，我想把他的骨灰马上拿走。

那光头当时觉得有点奇怪，就又问了一大堆什么有没有单位，什么有没有家属的问题。李四也觉得光头有点奇怪，他想你是警察吗，你问这些干什么？但他还是回答了他。说完那光头倒同情起他来了，他说那好，那我帮你去问问，我让他们给你加个班，好不好？最后让李四交了一些钱，给李四放了一段音乐，说是给我的父亲放的，然后让李四等着。

拿到骨灰的时候，天已经黑了。

送我父亲去的车子，早就走了。李四只好顺着来路，往城里匆匆地走着。

◆ ◆ ◆

李四说，他本来要把我父亲的骨灰拿到我的住棚里，等着我的回来，他打算等我一个晚上，如果天亮了我还不回来，他就把我父亲的骨灰放在桌子上，然后压一张字条，简单说明一下我父亲撞车的经过，然后，就回他的山里去。可是，他回到城里的时候，却突然想起了一个问题，他想，如果他手里捧着的骨灰盒不是我的父亲，而是他李四呢？弄不好他李四到现在都还丢尸在那个可怜的停尸房里，他想他的那些孩子，他们会知道吗？李四于是感到一种从来没有过的凄凉，感到一种从来没有过的悲伤，他一边走，一边禁不住对着我父亲的骨灰盒默默地叨念起来，他说胡老头呀胡老头，你死了还有人帮你收尸，你死了还有人帮你去火化，如果是我李四呢？谁来帮我收尸呢？谁来送我去火化？

想着想着，李四突然愤怒了。

他说我操你们的妈！

我操你妈李香！

我操你妈李瓦！

我操你妈李城！

我辛辛苦苦一辈子，我养你们干什么？我把你们一个一个地养大，一个一个地送进了瓦城来，我让你们都成了瓦城人，可你们呢？你们把老子的生日都给忘了，我×你们的妈！

街上的行人都被他的骂声给吓住了，都以为可能是个疯子，也可能是个被抛弃的老人，都远远地就给他闪开了。

但李四不管这些，他望都不望他们。

骂过以后，他突然在大街上站住了。

他突然觉得，他不能这样便宜了他们。他不能这样便宜了他的李香，他不能这样便宜了他的李瓦，也不能这样便宜了他的李城。他想，他得给他们一点厉害看看，就像他们小时不听话的时候，他将他们的裤子脱下来，用竹鞭狠狠地抽在他们的屁股上，或者瞪着眼猛地给他们一个耳光，一个响亮的耳光，让他们痛哭一顿，让他们在痛哭中想一想都错在哪啦？想一想父亲为什么这样打我？想一想以后再也不能这样，否则，父亲还会脱下他们的裤子，还会抽打他们的屁股，还会给他们响亮的耳光！

老子得让他们痛哭一场！就是不痛哭，也要让他们的脑子愣一愣，让他们在心里疼一疼，让他们想一想，我们到底都怎么啦？我们对得起我们的父亲吗？

他捧着骨灰盒，转身就朝李香家走去。

他想李香你是大姐，你有什么理由记不住你父亲的生日呢？我知道你和你的丈夫都下岗了，我知道你借了钱买了车，你想尽快地把欠债还上，可这就有理由把你父亲的生日给忘了吗？你看人家胡老头，人家是捡垃圾的人家的日子难道比你更好吗？可你知道人家是怎么一个好人吗？人家一听说是你父亲的六十大寿，人家从自己身上掏钱给你父亲买了一块长长的红烧肉，还给你父亲切成了六十个方方正正的小方块，人家是一个捡垃圾的啊，你难道连一个捡垃圾的老头都不如吗？

李香的家正好没人，在楼下就可以看到，她家的窗户都是黑乎乎的。他想这样好，这样等到他们回来的时候，还没进门，他们就看到了。

他不让李香的邻居看到他，他悄悄地摸上楼去，他悄悄地摸下楼来。他把我父亲的骨灰盒悄悄地放在李香家的门前，然后把他自己的身份证放在了我父亲的骨灰盒上。

他在楼下的不远处等着，等一个陌生人的经过。后来他拦住了一个二十来岁模样的大女孩。他对她说，你帮我一个忙好吗？女孩说什么忙你说，他说你能不能帮我转告李香家，说放在他们家门前的那个骨灰盒，是他们爸爸的骨灰盒，是一个捡垃圾的老头帮她送来的，你告诉她，是她的爸爸临死前吩咐我把他的骨灰送来的。那女孩好像被吓得身子缩了缩，远远地就朝李香家的方向看去，眼光里顿时有点怕怕的。她问李四，你是说，李香他们爸爸死了？李四说对，你就告诉她，你说他们的爸爸死了，是一个捡垃圾的老头帮他们送去火化的，火化前本来要告诉他们的，但他们的爸爸死前吩咐了，说他恨他们，他只能让他们看到他的骨灰，火化前他不让他们看到他。

李四说完就走了。

他想那女孩肯定会帮他告诉李香的。他想她会的。

◆◆◆

那天晚上，我回到住棚里不是太晚，大约是九点多不到十点的时候。

远远地，我就看到有一个人坐在住棚的门前。灯光从住棚里照出来，投在他的脊背上，脸当然是看不清的，但我还是看出他不是我的父亲。一直走到了他的面前，我才发现原来是昨夜跟我父亲喝醉酒的那个老头。当时我还不知道他叫作李四。

李四一直地坐着，我都走到了跟前了，他还一直地坐着，只是眼睛定定地看着我，然后问道：

你是胡来城吗？

胡来城是我的名字，这是我到瓦城捡垃圾后，一个捡垃圾的老头帮我改的。那是一个有文化的老头，我现在可以认很多字，几乎都是他教的。我的名字原来叫胡红一，我不知道是什么意思，反正听起来一点意思也没有，但胡来城不错，胡来城这个名字里有很多有关理想的东西。

我回答说对，我是胡来城。

他的两条腿便顺势往前一屈，跪在了我的面前，把我吓了一跳。

随后，他便告诉了我父亲的死，以及没有交给我骨灰的经过。

你说我还能有什么办法呢？我只是觉得他这种做法太过于荒唐了，我说你那几个孩子他们不就忘了你的生日吗，哪里用得着这样收拾他们呢？你也太毒了一点了。但细细看过他那一脸的愤怒和痛苦，你又觉得他那样闹一闹他们，也是有一点点合理的。我不想对他说得太多，一个十六不到只有十五岁的毛头小子跟一个六十岁的老头，有一些话是永远说不到一块的，我担心的只是，他那几个孩子真把我父亲的骨灰当成是他死了，那我怎么办呢？但李四告诉我不会。

他说他那几个孩子绝对不会。

你以为我那几个孩子他们是饭桶吗？他说，我告诉你，他们一点不饭桶，他们比你，比我，比谁都聪明，他们才不会以为他们的父亲是真的死了，不会一见骨灰就以为是真的。

我当时还觉得奇怪，我说那你的目的是什么呢？

他说我只是为了吓唬吓唬他们，我相信他们看到骨灰盒的时候，肯定会想到那是我给他们闹的，但他们随后就会想起，他们的父亲为什么要这样？他们的父亲昨天是干什么来了？我相信他们想着想着，就会有人想起了昨天是他们父亲的生日了。

他说，他们肯定会想起的。

我对他的这种心情表示理解，但我对他想象的结果表示怀疑。他却一口咬定你用不着怀疑。他嘴里不停地告诉我，他那几个孩子聪明得很，他那几个孩子很聪明。他说你想想吧，他们要是不聪明，他们要是跟其他的山里人一个样，他们能一个一个走进瓦城吗？他们基本上都是国家的干部呀，你以为他们的脑子是饭桶吗？

经他这么再三地说来说去，我又多多少少地有了一点相信。

他说你放心吧，明天早上我还你父亲的骨灰盒。

但那天晚上，我还是怎么也睡不着，我的脑子里翻来覆去的，几乎都是父亲被车撞死在大街上的情景。就因为我没有在场，就因为我没有看到，所以父亲被车撞的惨状便显得各种各样的，每一种惨状都把我吓得半死。李四也睡不着，我发现他的身子在床上动来动去的，怎么也睡不安宁。但我们谁都没有开口。我们的嘴巴和我们的心一样地难受。

天快亮的时候，我却迷迷糊糊地睡着了。等到我醒来的时候，我

143

看见李四早已坐在住棚的门前，不知在看着什么，也不知他在想着什么。我看到的是他的背影。

李四的背影像一块石头，一动不动。

我问他什么时候了？

他说中午了。他的脸却没有回过来看我。

我说，我父亲的骨灰呢，拿回来了吗？

这时他才回过了头来。他说我在等你呢，你醒了？

我说废话，我没醒我在跟你说梦话吗？

他说我在等你哪，我们一起去拿呗。

我说你什么意思？骨灰是你放在那里的，你应该自己拿回来给我，你凭什么要我跟你去？没等他回话，我又说，去吧去吧，你去拿回来给我吧，我不会跟你去的。话没说完，我往后一倒，又躺了下去。

但他没有去。他悄悄地走到我的床边，竟走得一点没有声响。我被他突然出现的影子吓了一跳。我歪歪地睁着眼睛看着他。我没有说话。而他，有点像是一个走不动路的老人，或者说，有点像一头善良的老牛，不幸跌进了一个路边的坑坑里，那坑坑虽然不是很大，也不是很深，但怎么也起不来，在乞求着我的帮忙。

他说，我要是愿意见到他们，我一个人早就去了。可我不想再见到他们，也不想让他们再见到我。走吧，你跟我一起去拿吧，待会我也不上去，我告诉你哪是她的家，你上去拿，我在下边等着你，等你拿到了，我也不回你这里了，我回我的山里去。

他说他的心十分难受。

看着他的那种眼神，我真的看到了他的心在难受。我好像还看到了他的心在流血的样子。我的心不知不觉地也就软下了。

我随即翻身下床，我不再多嘴。

我说好的，那走吧。

走了没有多远，他突然站住了。他朝我回过头来，呆呆地看着我的脸。

我说怎么，不走了？

他说你还没洗脸呢？

我说洗什么脸呢，不洗，走吧。

他还是站着不走。他说去吧，你先回去洗个脸吧。

我笑了。我说你看到我那里有洗脸的东西吗？毛巾、脸盆，有吗？

他说那你就用水擦一擦吧。我们去拿你父亲的骨灰你知道吗？别让他看到你这样的脸。

我说反正他又看不到。

他说他能看到的。

他说人一死就什么都能看到了，你知道吗？

我心里暗暗一笑，我说你这是什么歪理？

他说我这不是歪理。人一死真的什么都能看到。他能看到你，也能看到我，他能看到我的心，也能看到你的心，真的，他现在就等着我们去拿他回来。

听他这么一说，一股凉飕飕的东西，便恍恍惚惚地在我的脑后飘起。我转身回到水龙头的下边，往肮脏的脸上一捧又一捧地泼着水，泼了一次一次，然后是拼命地搓，搓得一脸热乎乎的。最后，我把脑袋塞到水龙头的下边，也狠狠地洗了一次。

路上，我告诉李四，我以前也是天天早上洗脸的，后来，我妈被别的男人偷走了，我跟着父亲到了瓦城，我就再也不洗了。

李四说为什么？他觉得奇怪。

我说我也说不清楚，反正天亮起来，父亲就把我拉走了，让我跟他捡垃圾去了。我父亲说等出汗的时候抹一抹，就什么都干净了。

他不禁暗暗一笑，嘴里轻轻说了一句，你爸爸是一个老混蛋。

他说你明天可以不洗，但今天不洗不行，今天不洗，你爸爸不会认你的。

然而那天中午，我没有拿到我父亲的骨灰。

◆◆◆

李香家的房门紧紧地关着。我在李香家的门前没有看到任何的盒子，我跑到李香家的楼下，顺着院子的围墙找了一圈，也没有看到任何像是骨灰的盒子。最后，我拦住了一个过来的人，我说李香家人都哪去了？那人的嗓门粗得吓人，他说你找他们家干什么？你是他们家亲戚吗？我说不是。他的眼睛便翻了翻，说走了，天一亮就回山里去了。我一愣，不由惊诧起来，我说他们回山里干什么？那人的声音就更大了，他说她父亲死了！她和她的弟弟几个，他们一家人全都回山里给他们父亲奔丧去了。你有什么事吗？有事你十天半个月以后再来吧。

那人说完往前边走去，好像有什么急事。

我站在那里愣了一下，随后，一转身就急急地离开了。

李四看见我两手空空的，远远地就迎了上来。

他说怎么啦？他们不给你是不是？

我当时已经生气了。

我说你已经死了，他们拿着我父亲的骨灰，回山里给你奔丧去了。

李四的脸色忽然就难看了起来，嘴巴张得大大的，像是要死的样子。他忽然转过脸，朝远处的什么地方远远地看着，那地方就是他们家的方向。

我问他怎么办？

他没有回答我。

我又问了一句，怎么办？

他好像还是没有听到。

我于是大声地吼了起来，我愤怒了。

我说怎么办，你快说呀！

他吓了一跳，这才转过了脸来。但他摇摇头，收着身子，蹲在了脚下。他双手紧紧地抱着头，嘴里不断地呢喃着：他们怎么这么笨呢？怎么这么笨？

听那声音，好像快要哭了。

但我没有同情他。我感觉着全身都是火，我把许多想到的气话，统统朝他的脑壳上砸了下去。我说你不是说他们不会当真吗？你不是说你那几个孩子不是饭桶吗？你不是说他们都是聪明人他们一点都不愚蠢吗？他们怎么就把我父亲的骨灰当作了你死了？

突然，李四从地上站起来，大声地吼了一字：好！

他说这正好让他们好好地哭几天！让他们尝尝父亲要是真的死了，那滋味是一种什么样的滋味。他要让他们好好地想一想，想一想是否对不起他们的父亲。

我说，那我父亲的骨灰怎么办？

他说你放心，我给你保证，等他们哭够了，我保证还给你。

他不停地摇着我的肩膀，他让我相信他。

不相信又能怎么样？

你只能相信他。

◆◆◆

后来我们才知道，李四的三个孩子，还有他的女婿、他的儿媳妇，以及他的外孙女艳艳，他们六个人从后半夜一直哭到了天亮，他们除了哭还是哭，没有人对父亲的死有过一点点的怀疑。最先回到门前的是艳艳，她马上就拨响了妈妈李香的呼机，李香跟着就拨响了丈夫刘大奇的值班电话，刘大奇再把电话拨到李瓦的家里，李瓦一听，马上开车跑到李城的楼下，把李城拉到了姐姐的家中。

从瓦城回到山里的路挺长的，他们捧着我父亲的骨灰，一路地哭个不停。听那司机说，他们的哭声，把他弄得手也软了，脚也软了，有几次踩刹车都踩不灵了，差点把车开到了山脚下。

最惨的当然不是他们，而是他们的母亲，这一点谁都可以想象。他们的母亲就坐在门槛上看着他们的回来。她被他们给吓住了。她指着李瓦手里的骨灰盒，问他这是什么？你们干吗哭成这样？

李瓦噗的一声，就跪在了母亲的脚下。

他说妈，这是我爸。

后边的五个人，也扑通扑通地跪在了门槛下，哭声哇哇地乱成一片。

你爸他怎么啦？你们干吗都跪着？老太婆顿时惊叫了起来。

李瓦说，我爸，他死了。

老太婆忽然就全身颤抖了起来，她想摸一摸我父亲的骨灰盒，她的手还没有落到上边，她的身子歪倒了。等到她醒来的时候，便哭诉着，牙齿都咬崩了。

她一个一个地敲问着：

你知道你爸到你们城里干什么吗？

你知道吗？

还有你，他跟你说了吗？

直到这时，他们还是无人想起，想起那天原来是他们父亲的生日，他们只是愣愣地看着老人家，不敢点头，也不敢摇头。

他是到你们城里过生日去的，你们知道吗！

老太婆的牙齿咬得咯咯地响。

跪在地上的六个人，这时突然停止了哭声了。

静静的，每个人的咽喉都像被人掐住了。

老人的哭声却无法停止，她一边哭，一边不停地责骂着：

你们爸是怎么死的？

你们给他做了生日吗？

是你们把他给气死的吧？

谁？

是谁把他给气死的？

她越哭越恨，越恨越伤心。她一个脑袋一个脑袋地点过去，又一个脑袋一个脑袋地点过来。

你们为什么把他的生日给忘了呢?

为什么?

你们给我说呀?

没有一个开口。谁都想不起自己是怎么把父亲的生日给忘了的。他们只知道哭,好像只有哭才能证明对不起死去的父亲。于是又开始哭了起来,而且谁也不肯先停下。

说呀?

你们为什么忘了呢?

老太婆不停地骂着:

你们为什么不说话?

你们把你们爸的生日都给忘了,你们还活着干什么?

你们也都死去吧!

你们死了就自己找你们爸爸说去,你们不用跟我说,跟我说一点用都没有。

去呀,你们也都死去呀!

你们为什么不去死呢?

你们给我这么跪着干什么?

是我叫你们忘了他的生日吗?

你们给我跪着干什么呢? 你们跪着干什么?……

当天晚上,老太婆就断气了。他们让她吃东西,她不吃;他们让她到床上歇一歇,她也不去;她连坐都不坐,哭完了,骂完了,她用一个布袋装了一些米,提在手里,往门外走去。孩子们都慌了,都不知道母亲要去干什么,都紧紧地跟在她的身后说,妈,你要去哪儿?

你别去。他们跟在她的身边想扶她，她把他们的手一一地打掉。

她摇摇晃晃地往前走。

她说你们不要管我，我也不要你们管。你们爸是到城里找你们去的，你们都让他死了，你们还管我干什么，你们谁都不要管我。我不要你们管。

但孩子们还是紧紧地跟在她的身后。他们都想不出她要去哪里，都担心她脚下一空，会一头栽下路边的深沟里。

天上的月亮很亮，亮得只剩下了孤独地挂在夜空，像是动也不动。

老太婆走的不是大路，她走的是路边的那些田坎，那些细细的窄窄的田坎。一边走，一边把抓在手里的米撒些出去，一边撒，一边喊着李四的名字。

她说李四呀李四，你快回来吧，你不回来我怎么办呢？你不会丢下我一个老太婆不管吧，你不会这么狠心的，你快回来吧！她说你看到我在喊你吗？你听到我在喊你吗，听到了你就回来吧，你在月亮里听到了你就从月亮里回来吧……你要是在城里听到你就从城里回来……你在树林里听到了你就从树林里回来吧……你要是在河水里听到你就在河水里回来……我看见月亮了，月亮现在就在我的头上，我看见它冷冰冰的，那里不是你住的地方，你快点从月亮里回来吧……瓦城我也看到了，我看到瓦城也不是你住的地方，你也从瓦城回来吧……回来吧……

她一路走，一路喊，一路撒；一路撒，一路走，一路喊；走过了一块田又一块田，走过了一块地又一块地，她把米袋里的米撒完了，就把米袋递给身边的孩子，去，给我再拿一点来，我要给你们爸喊魂，我要把你们爸丢在你们城里的魂喊回来。头一次给的是谢晓，谢晓急急地就接过母亲的空布袋，急急地往家里跑，然后急急地给母亲装了一点米跑回来，像是生怕耽误了母亲喊魂的时间，父亲的魂就真的回不来了。第二次给的还是谢晓，谢晓急急地又跑回去，装了一点米又急急地跑回来。第三次，她的目光还是落在谢晓的脸上，这一次，谢晓装满了整整一大袋，装得沉甸甸的，她怕第四次喊的还是她，回来的时候，她没有把米袋递给她，她说妈，我帮你拿。老太婆不用，她把米袋接了过来，但她没有想到米袋那么重，米袋一沉，竟把她的身子给拉了下去，吓得孩子们的心都从喉头飞了出来，惊慌失措地扑上去，一边扶住母亲的腰一边接住米袋不让落地。都说妈，你放手吧，我们帮你拿。老太婆却死也不肯放手。她像驱赶苍蝇一样，驱赶着他们，她让他们去去去，都给我一边去，我要给你们爸喊魂，我要把你们爸的魂从你们的城里喊回来，他是到你们那里被你们给弄丢的，我要把他喊回来。

老太婆接着又摇摇晃晃地往前喊过去。

老太婆的喊叫一声高，一声低；一声长，一声短，最后又顺着走去的田坎往回喊来，回到门槛前的时候，她的声音突然没有了，她张着一张大嘴巴，愣愣地站着，也不进门。孩子们等了一会，以为母亲有话要说，都愣愣地等着。谁知，老人的咽喉里突然滚出一声怪响，一股血从嘴里喷了出来，她就这样倒在了门槛上。

◆◆◆

父亲如果不死，母亲怎么会死呢？

在随后守灵的日子里，李四的孩子们，真是不知如何痛苦才是。

他们先是一个接一个地忏悔着自己的不是。这个说，其实进门的时候，他们就发现了父亲的愤怒了，父亲把他们家的一只杯子给砸烂了，绝对是他砸烂的，如果不是有意砸烂，父亲会清理干净的，可父亲没有收拾，就愤怒地到大姐家去了。当大姐的随即把话接了过去，她说父亲是到他们家里去了，而且父亲也愤怒了，父亲把他们家的电视机也一直地打开着，声音很大，轰轰轰的，遥控器也砸烂在了地上，但他们没有放在心上，他们想，父亲愤怒后一定是到老三李城那里去了。李城说父亲倒是没有砸烂他家的任何东西，没有，但李城也在脑子里找到了对不起父亲的地方，他说自己应该让父亲留下的，因为他的女朋友，后来并没有住在他那里，他的女朋友说那天晚上她没有情绪。李城没有办法，李城说没有情绪就没有情绪吧，那你就回你的家里去。她就回家里去了。李城说，他要是把父亲留在他那里，父亲是不会出事的，父亲不出事，母亲怎么会出事呢？

所以他说，他是最最该死的！于是将脑门儿狠狠地撞在了墙上，撞得咚咚咚地乱响。

他们就都劝他，说你用不着这么想，该死的不光是你，我们都该死，谁叫我们都把父亲的生日给忘了呢？

这时，艳艳说话了。

艳艳觉得，平时你们不都以为我是个有问题的女孩吗？没想到，你们的问题比我大多了，你们都弄出了两条人命了。

艳艳的嘴有点毒。她说，我觉得你们应该一个一个地说一遍，说你们是怎么把姥爷的生日给忘了的。

艳艳的话是谁都听到了,但谁都没有作声。

艳艳又说了,她把手横过去,直直地指着她的母亲,她说妈,从你开始吧,你是老大,你说,你是怎么把姥爷的生日给忘了的?

李香看着女儿,不知如何开口,也不敢愤怒。

坐在姐姐对面的李城却忽然开口了。

他说姐,你还记得前年吗?

大家的眼光便乱窜了起来,看看李香又看看李城,看看李城,又看看李香。

李城说,我说真心话吧,前年我是真的记起了父亲的生日的,不信你们问姐,姐,是吧?我是为父亲的生日专门跑到姐家去的。我说姐,后天是爸爸的生日,我们要不要回去一趟。姐,你当时怎么说,你还记得吗?

李香暗暗地有点紧张。她说我说了什么啦?我好像没有说什么。

李城说,你说了,你说回什么回,不回!你有时间你回吧,我没有时间。你当时就是这么说的。

李香的眼睛突然爆开了一样,她说你瞎编,我怎么会这么说呢?我绝对不会那么说。

李城说,姐,你当时就是这么说的。

李香说,那后来你回来了吗?你怎么不回来呢?

李城说,这就得怪你了,说真话,我是因为你不回来,我才不回的,我干吗一个人回来呀?

李香说,那你可以找李瓦呀?你跟李瓦两人一起回来不行吗?

李瓦的脸色也暗暗地紧张了起来。

李城说，我去找过他，但没有找到。后来我就想，怎么就我一个想到父亲的生日呢？你们怎么没有想到？如果想到了，为什么没有听到谁说呢？我想了想，后来不知怎么，就懒得往下想了。去年，我说真话，我是一点都没想起，真的，今年就不用说了。

李瓦把话接了过去。他说我有一年也是想到过要回来的，我还跟朋友说好了要开他的车回来呢，朋友都答应了，说你开吧，我给你留着。后来不知碰着了一个什么事，就给忘了。这事我好像跟姐说过呢。

李香说，你什么时候跟我说过呢？你没有跟我说到过，你们今天是怎么啦，怎么什么事情都说跟我说过呀？

李瓦说，要么我就是跟老三说过的，反正我跟谁说过，我绝对跟谁说过的。

李城说，你这是瞎说，你没跟我说过，你绝对没有跟我说过。

说来说去，说去说来，好像还是弄不清楚父亲的生日是怎么给忘了的。后来，就都把原因归结为太忙了，实在是太忙了，整天都在忙，忙得人的脑子都热烘烘的，像被火烧着了一样。可不忙行吗？不忙怎么活下去呢？你不忙，别人忙呀，别人就会当着你的面，把所有的好东西，一样一样地抢走，最后会把你碗里的饭也抢走，你说你不忙你怎么办？

这时，艳艳又说话了。

她说其实呀，你们也用不着光在自己的身上找原因，我觉得姥爷本人也是有问题的，姥爷太过分了，不就一个生日吗？城里人又不是什么神仙，干吗非要记住你的生日呢？

艳艳的话好像还没有说完，一个巴掌飞了过来，把她的脸给打歪了。

155

那是她父亲的巴掌，打得很重。

那一个巴掌之后，屋里突然静了下来，所有的嘴巴都闭上了，什么自己的不是，什么别人的不是，都不再议论了，能做的，只是默默地守灵。当然，在后来的几天里，他们还是决定了几件事。他们决定，回家后马上拿父母的相片去放大，然后各家摆在屋里，每家都给父母做个灵堂，一直到做完七七。七七就是七个七天的意思，就是每一个七天都要给父母的在天之灵举行一次送行的仪式，好让父母在另一个世界里得到安生。此外，还决定每年清明节都要回到山里来，回来给父母烧香，回来给父母扫坟，就是天上下着刀子也不能免掉；还有，就是把房子卖了，不卖留着干什么？卖房的钱，全都交给李城，就当是父母留给他的结婚钱。

离开山里的那一天，天刚亮买房的人就把钱拿来了。那是一摞不薄的钱，买房的人问给谁？你们谁给点一点。老三李城上去就拿过钱，说点什么点，给我吧。然后直直地往门外走去，然后对着远处的山头，大声地喊叫着：

爸！

妈！

我是老三李城。

我会尽快结婚的，你们放心吧！

◆◆◆

在等待去拿骨灰的那些天里，我没有去捡过一天的垃圾。李四也觉得我没有必要再去。那些天的饭菜，也都是他给买的。我没让他买，也没说不让他买，反正他买回来了，我就照吃不误。我为什么不吃呢？要不是因为他，我父亲怎么会死呢？吃完了我便躺到床上睡觉，我脑子想的几乎都是死去的父亲。我真的为死去的父亲感到伤心。我不停地催着李四，让他快点带我回他的山里，我想早一天把我父亲的骨灰拿到。我不敢让他一个人回去，我怕他一个人走了，不把我的父亲带回来，我怎么办呢？我到哪里去找他去呢？我还不时地警告他，我说你不能一个人偷偷地回去你知道吗？你一定要带我跟你一起回去。李四总是告诉我，你放心吧。我怎么能不还你父亲的骨灰呢？我要是不还你，你说我的心里就好受吗？我又不是坏人，你看我像坏人吗？但我总是有点不太相信他。我总是担心他会一个人什么时候偷偷地跑了。睡觉的时候，我总是让他睡在里边，以为那样他夜里就跑不掉了，其实这样的想法是很天真的。那些夜里，我虽然时常因为父亲的死而睡不着，可一旦睡下，都是睡得很死的，李四要是想溜，早就溜掉了，但他没有溜。夜里，他几乎没有离开过我的住棚半步。

李四这一点还是挺不错的。

我敢说，这一点城里人很少能做到。

那样的情景一直熬了十天。

临走的前一天，李四让我带着他，到商店里去走了一圈。

他说，他要给他的老伴买点吃的东西。

他没想到他的老伴已经死了。

我当然也没有想到。

我问他买什么吃的呢？

他说有一种很好吃很好吃的东西，但他忘了名字了，只知道有点像是他们山里的米糕，但山里的米糕做得没有那么软，也没有那么好吃，吃的时候有点软软的还有点粉粉的，反正是十分地好吃。他问我哪里有卖？听他那么一说，我知道那肯定是云片糕。云片糕很便宜，在城里根本算不得好吃的东西。我说那种东西有什么好吃呢，一点都不好吃。我给他推荐了很多好吃的，尤其是巧克力，他却坚决不买。

　　他说他就买云片糕。

　　他说，你说不好吃那是你的嘴巴，我老伴的嘴巴她觉得好吃，那就是天下最好吃的，你知道吗？

　　接着，他便比画着他老伴吃云片糕时的那种模样，说她总是很端正很端正地坐在门槛上，一小片一小片地把云片糕掰下来，然后一只手轻轻地提着放进嘴里，一只手在下巴的下边接着，那是以防万一，万一有云片糕的碎片从嘴边跌落，她好把它们接住，然后把它们慢慢地放进嘴里。她总是吃得很香，吃得一脸甜甜的，一点都不着急，好像一个永远长不大的小女孩。

　　我心里便暗暗地笑他。

◆◆◆

　　路上，我曾想象过李四那老伴的模样，我想我一定要好好地看一看，看一看她拿到云片糕时的模样，是不是真的像个永远长不大的小女孩。一个小女孩与一个老太婆，那是一个天和一个地呀，她怎么爱吃云片糕，也不可能吃出一个小女孩的模样来？

你知道，我的这种想象早就提前落空。

就连李四家的那栋房屋，我都看不到是什么模样了。

那一天从清早起，买主就请来了一帮人，把李四的那栋房子给拆了。我们看到的时候，房子已经没有了，拆下来的东西乱七八糟地丢得到处都是，就像一堆垃圾。在我的眼里，那就是垃圾。

当时的天，是准备黑下来的那个时候。

前来拆房子的人，有的已经走了，收工了，回家喝酒去了；有的正扛着拆下的木头，走在李四家门前的路上。

李四远远地就站住了。

我也站住了，我站在李四的身后。

我说怎么啦？走呀，不走啦？

李四半天没有说话。

那些人也不说话，他们也远远地就站住了。

接着，有人把话问了过来，说：是四叔吗？

李四没有回答。

李四愣愣地看着他那已经没有了的房子。

那时的李四其实是被那样的情景吓傻了。

有人再一次把话问了过来，说：四叔，是你吗？

李四还是没有回答。

突然有人慌了起来，以为是遇着了鬼了，咣地就将肩上的木头丢在了地上。

木头落地的声音很响，那声音把其他人也都吓慌了，跟随着，木头落地的声响和四散奔逃的脚步声，响成一片，像是天塌。

159

回来！我是李四！你们跑什么跑！

李四突然朝着他们吼道。

那些人的身上都像是牵了绳子，李四那么一喊，就把他们都牵住了。

说真话，从那天晚上开始，我是真真地同情起了李四了。在那之前，我觉得他其实没有那么大的可怜，不就一个生日吗？做也过，不做也过，干吗弄得那么严重呢？我觉得他闹得太过了。可那天晚上，我觉得这个老人的命，还真是他妈的比我还苦，比我还惨！我失去的只是我的父亲，而他呢？他的老伴没有了，他的房子没有了，他，一个六十岁的老头，也在他孩子们的心目中死去了，往下，他该怎么办呢？

当天晚上，李四打着火把，带我去拿我父亲的骨灰盒，他刚要揭开坟墓，被我喊住了。

我说算了，不挖了，就让我父亲埋在这里吧。

我想，我父亲他不死也死了，我拿着他的骨灰回瓦城又能怎样呢？还不如就这么留着，让他躺在这个静悄悄的深山沟里。我想，或许这还是老天爷的一种安排呢？如果哪一天我能了却他的心愿，我真的成了瓦城的人了，我真的能在瓦城买了我的房子，我再看看有没有别的什么办法吧，比如能不能把他迁进瓦城的公墓什么的。如果没有，就永远让他躺在这里吧。

李四没有多想，他只是对我说，随你的便，你自己想好。

我说那就随我的便吧，我想好了。

他说，反正这事你以后不能后悔，后悔了也不能怪我。

我说，我不会怪你的，我也不会后悔。我说你放心吧。

然后，我们来到他老伴的坟前。

他把买回的云片糕，一片一片地掰下来，一片一片地摆放在他老伴坟前的石板上。

　　就在这时，我禁不住问他，我说你怎么办呢？

　　他说，我还能怎么办呢？你说，你说我还能怎么办？

　　一个六十岁的老头子竟然这样回答一个毛头小子的问话，你可以想象，他的心是多么地难过，多么地凄凉，他已经不知道自己怎么办了，你说，你不同情他，你同情谁呢？我简直觉得，如果全世界只有一个人需要你去同情，那个人可能就是他李四。

　　我说，你不会想到死吧？

　　他没有回话。

　　我说你千万不要想到死你知道吗？

　　他还是没有回话。

　　我说，你跟我回到瓦城去吧，我带你去找你的那些孩子。

　　他说，你说他们还会认我吗？

　　我明白他的意思，他是担心他们会不会因此而恨他，而不认他。我说怎么可能呢？你是他们的父亲，他们是你的孩子，他们怎么敢不认你呢？我说别的事情我可以帮你做证。

　　他说，他们要是不认我，我怎么办？

　　我当时觉得，这个老头怎么有那么多的顾虑呢？我觉得只要他回到瓦城，只要他站在了他们的眼前，他甚至不用开口，他们都会知道，这就是他们的父亲。他们怎么会不认他呢？于是我安慰他，我说在你回到他们的身边之前，你就跟我住在一起吧，反正我也没有了父亲了，你就当作是我的父亲好了。你可以一直住到他们认你的那一天。

我说，我父亲的身份证不是还在你的身上吗？他说是的，还在。说着要掏出来还给我。我说不用，我说你先拿着吧，在城里，没有身份证有时还挺麻烦的，一不小心，就会碰着喜欢盘问的警察，他们的手总是伸得长长的，然后问你，有身份证吗？拿来看看。

我说你就拿着我父亲的身份证顶用吧，反正你的身份证已经没有了。

他的身份证已经被他的孩子们烧掉了，连同烧纸，一起烧在了我父亲的坟前。

他看着我父亲愣了好久，他说那我拿你父亲的身份证也没用呀，谁不一眼就看出来了。

我不由愣了一下。相貌的问题确实是个问题。我便拿过父亲的身份证看一看，说实话，在这之前，我还真的没有看过几次父亲的身份证，这一看，我吃了一惊。因为我父亲在身份证上的人头，也不太像我的父亲。当然，也不像李四。

于是我把身份证递给了李四，我让他好好地看一看。

李四也觉得怪了。他说真的不是太像你的父亲，为什么呢？

他说那有人怀疑过这不是你的父亲吗？

我说怀疑多了，但我父亲的名字是对的，这上边的地址也是对的。还有一点，就是这脸上的颧骨，还是很像的。李四便摸了摸自己的颧骨，我顺眼看了看，发现他的颧骨，也是我父亲的那种颧骨，不是太像，也不是一点不像。他说那我的名字不一样呀？我说这就简单了，有人问你，你就说你是我的父亲，你只要记住我父亲的名字，记住这身份证上的地址就行了。

他的手便深情地落在我的肩头上。我看到他的嘴巴动了动，他好像有话要说，最后却什么也说不出来，他的眼睛眨了眨，好像在暗暗地流泪。

◆◆◆

回瓦城的那天早上，山里的露水挺重的，走了没有几步，脚上的裤子就湿透了。

走到一个半山腰的时候，他突然停下来，指着不远处的一块地，他说，那是我家的。

我说你家都没有了，你哪里还有地呢，你的孩子们不是把地都卖了吗。

他说没有。他说他们卖掉的只是地里的东西，不是地。地是不能卖的。我没死，那地就还是我的，我要是死了，那地就回到国家的手里，谁也不能卖。

他忽然眼光默默地望着我。

他说，要不你回你的瓦城去吧，我不去了。

我说为什么？

他说我还有地，我怕什么呢？

我说你已经没有了房子了你知道吗？

他说那要什么紧呢？盖一个茅棚，我就可以住下了。

我说算了吧你，你今天盖了茅棚，明天后天，你的那些孩子他们总有一天会知道你还活着的，到时，他们还得把你弄到城里去的。你已经六十了，你一个人在山里能待多久呢？

163

他便不再说话。

但他还是朝他的那块地走去。

我悄悄地跟在他的身后。

他是朝地里的那个稻草人走去的。那个稻草人歪歪的,眼看就要倒地了。

我看到他扶起稻草人的时候,眼里悄悄地竟流下了泪来,好像他扶的不是什么稻草人,而是他那永远离开了人间的老伴,或者那稻草人就是他自己。

他让我帮他,帮他把稻草人往地里插深一点,插牢一点,他希望它别再倒下。

他说这里风大,你使劲点,免得我们一走,风一来,又倒了。

插好后他又试了几下,扯了扯稻草人的手,然后朝我点点头,算是放心了。临离开时,他又整了整稻草人身上的衣服,他的动作很细,从稻草人的衣领开始,慢慢地往下顺,先是衣袖,然后是胸襟,然后是衣摆,然后,是裤子,我看到他的手几乎没有放过一个地方,一点一点都做得十分体贴;完了,才去整理那稻草人头上的帽子,完完全全地把稻草人当成了一个人了。最后,他把稻草人手里拿着的那个白色的塑料口袋,也重新系了一遍。

我指着那个塑料袋问他,挂这个干什么呢?

李四只对我笑了笑,没说。

我想了想,觉得那塑料袋也不可能有什么特别的意思,也许只是随便挂挂,就没有追问。

从地里出来,走到路上的时候,我的脑子突然被什么挂住了,我马上回过头去。这一次,我终于明白了李四为什么掉下眼泪。那个稻草人,除了头上的帽子是李四的帽子,那稻草人身上穿的衣服,那稻草人腿上穿的裤子,全都是他老伴的。我看着看着,竟像是突然看到了他的老伴了,她就站在我们的面前。

◆◆◆

按理说,让李四回到他的孩子身边,不是一件太难的事,至少比捡垃圾要容易一些。你没捡过垃圾你当然不懂,但你可以想象一下,捡垃圾确实不是一件容易的事情,首先是臭。垃圾臭,捡完垃圾你一身的臭,但这些都是你自己愿意的,你怪不了谁。我说的不容易还不是这个,我是说,捡的时候你得在垃圾里不停地翻,你得不停地找,你得把你的眼睛睁得大大的,你一点都不能迷糊,你要是迷糊了,你就会除了一身的臭气,你什么也没有得到。

然而事实上,李四的事情,简直难透了。

◆◆◆

刚刚回到瓦城的大街上,我们就碰着了他的外孙女艳艳。

那是我头一次看到艳艳,我先是看到了李四的那张照片,然后才看到艳艳的。李四的那张照片,比锅盖还大,它被装在一个很好看的镜框里,被艳艳抱在胸前,正从街对面的一家照相馆里出来。

我一下就愣住了,我想那照片怎么这么像李四呢?

我忽然叫李四等一等,我说你先在这里等等,你先别走。然后,我横过街面,直奔李四的照片追去,然后把她拦住。

我问小姐，你这抱的是谁？

我真的用了小姐二字，别以为我是捡垃圾的，讨女孩喜欢的一些字我还是会说的。

她扫了我一眼，说，你认识他吗？

我说，我可能认识。

我本来想说，我应该认识。或者直接说，我认识。但我给我留了一点余地。

她便告诉我，这是我的姥爷，他死了，你知道吗？

家里死了人的人都这样，他们好像都担心别人不知道他们家里有人死了。

我心里一下就咬定了，我知道那照片上的人头就是李四，捧着李四的这个女孩，就是李四的外孙女。我因此高兴了起来，我马上对她摇摇头，我说你看看那是谁？

我朝着站在街对面的李四指了过去。

李四的目光一直地跟着我，他早就看到了他的艳艳了，他们的目光这时碰在了一起。

艳艳哇的一声就尖叫了起来，但她马上就把嘴巴挡住了，她说真的好像我姥爷耶，怎么这么像呢？

我说不，不是像，而是真的，那就是你的姥爷，你姥爷他没死，他活得好好的。

我一边说一边迫不及待地朝街对面的李四招手，我让他过来。我想只要李四过来，只要他们把话对上，往下就什么都不用多说了。

可是，街对面的李四突然转身走了，而且走得很急，就像是小偷逃脱追踪的样子。我大喊了一声跑过去，哎，你干吗？你到哪儿去？

李四没有回头。李四的身影转眼就在前边消失了，被乱糟糟的人群吃掉了。

我一看急了，我丢下艳艳就朝李四追去。

但那李四不知怎么溜的，怎么找都没有看到他的影子，等到我回头想对艳艳说些什么的时候，艳艳也早就走了，艳艳不在原来的地方了，她回家去了。我在大街上又胡乱地找了一下李四，还是没有找到。我的心里当时真是恨死了李四了！

我心里想：

  这老头，

    你他妈的，

      老子不理你了！

我差点在大街上自己给自己几个巴掌，然后发誓不再理他，我发誓他现在就是死在了大街上，老子也不理他。在走回住棚的路上，我一身都是愤怒。

一进门，我就把自己摔在了床上，可我刚刚躺下，突然有人敲门。

我说谁呀？

外边没有回话，但敲门声却没有停止。

我打开门一看，他妈的，门口站着的就是那个讨厌的李四！

当时的天，已经黑下来了。

◆ ◆ ◆

我说你他妈的李四，你还来找我干什么？你已经没戏了，你完蛋了，你知道吗？你错过了一次最好的机会，你知道没有？可他怎么说？他说，他是怕他的艳艳会被他吓疯在大街上。我说疯你妈，她年龄比我都大，她怎么会被吓疯呢？他说她是女的你是男的，他说在她的心里，她姥爷，我，李四，已经死了，你知道吗？我说我当然知道你死了呀，可你只要一过去，你和她，你们两人只要一说话，她就知道你真的就是她的姥爷，你真的没死，你知道吗？他说，问题是，我还没有跟她说话她就被我吓疯了，我怎么办？

他说他幸亏没有过去，他要是过去了，她艳艳肯定被他吓疯了的。

他一口咬定，他是为了他的艳艳。

真拿他没有办法。

我说好，那你现在怎么办吧？没有等到他回话，我又把话拦了过去，我说你不用再跟我说怎么办，我不管你怎么办了，反正你的事从此与我无关了，你不用再跟我说什么，你说了我也不听。

他愣了半天，最后问道，你真的不帮我了？

我说我帮你干什么？我不帮了。

他暗暗地叹了一口气，然后说，那我明早就回我的山里。

我说回吧回吧，明早天一亮你就回你的山里去吧。

他说那我今晚怎么办呢？我在你这里住一个晚上可以吗？

我说住吧住吧，反正明早天亮你就走了，今天晚上爱住你就住吧。

他于是爬到了床上，一声不吭地躺下了。

也不知怎么搞的，第二天凌晨，天还黑麻麻的我就醒来了。

我是怕他真的溜回了他的山里。

我看到他还躺在我的身旁，于是把他推了起来。他睁开眼睛一看，说天还没亮呢，我天亮再走吧。我说走什么走，你要是真的走了，以后你再来找我，我就真的不帮你了。

他说你什么意思？

我说我告诉你，你不要走。

他说不走我怎么办？

我说我给你想办法吧。

他说你有什么办法呢？

我说我现在还没有，我现在要睡觉。

说完，我一头睡了下去，一直睡到了中午才醒来。

◆◆◆

我的办法还是从艳艳身上下手。

李四也表示同意。但他说，只能让艳艳告诉她的爸爸妈妈和她的叔叔们，让他们到这里来找他，他不想先去找他们。我明白他的心思，这是一个有关脸面的问题。不管怎么说，事情已经闹大了，事情的最初应该说是他那些孩子的过错，而事情的后来，则是他李四的不对了，这一点，李四心里是清楚的。我表示可以理解。我对他说，先这么办吧，不行了再想别的办法。人只要活着，办法总是会有的，我父亲活着的时候时常对我这样说。我父亲说，只要你永远记住了这句话，你就总有一天会成为瓦城人的。这个道理放在李四的身上，我觉得也是适合的。

我相信李四能回到他那些孩子的身边。

于是，每天中午的放学时间，我都跑到艳艳的学校门前，等着艳艳放学出来。

我告诉艳艳，你姥爷真的还活着，你的姥爷现在就住在我家里。

可艳艳就是不肯理我。

头一天她急急地走着，我跟她说了不到两句，她就拔腿飞跑了起来。

我当然不敢追，也不能追，我要是追上去，她要是告诉街边的人，说我是流氓，我就是不被打死，也有可能遍体鳞伤，以后捡垃圾都将成为问题。

第二天，我告诉她，你叫你家里的人先去看一看吧，看一看你们就知道那是不是你的姥爷了，可是，我话没说完，她拔腿又一次跑了。

第三天，我刚要上去，她身边的三四个男孩忽地一下，把她围住了，他们的眼睛全都火一样往我的身上燃烧着，他们的手和他们的脚，都在做着一种随时出击的样子，张牙舞爪的。我哪里还敢靠近呢？我不敢。我只有远远地看着她走远。

第四天和第三天一样。我知道这样下去肯定不行了。于是，我把第五天的方法改了，我让李四把事情的经过简单地写在了一张纸上，然后装在一个信封里，我拿去交给艳艳他们学校的门卫，让他帮我转交给艳艳。

那天我躲在暗处，我看见那门卫把信封交到了艳艳的手里，我看到她把那张纸抽出来看了看，又把它放回了信封里，她四处张望了一下，她可能想看看我在什么地方，但她没有发现我。她把信封装进了书包里，就慢慢地回家去了。

回来后我告诉李四，我说这两天你就在家里待着吧，我相信他们会来的。至少有一点，我想他们会想到他们的父亲还活着，那就是李四的笔迹。

我问李四，他们应该熟悉你写的字吧。

李四说怎么能不熟悉呢？

我说那就好办了，那你就等着吧。

我说等他们把你接走的时候，你告诉他们，你说我有一个要求。

他说什么事你说。

我说你让他们给我一点钱，算是对我的辛苦和良心一点小小的回报。

他说这应该不成问题吧。

我说这很难说，到时你说了，可能就不成问题，你要是不说，不就成了问题吗。

他说你这脑子里怎么想得这么复杂呀，你不是没有读过书吗？

我说读过一点，读了差不多三天。

他说三天算什么呢，三天算个鸟！

◆ ◆ ◆

李四就这样等着，每天都在住棚附近等着，我吩咐他不要走远。我担心他们来了看不到他。但我不能等，我得出去捡我的垃圾。

第三天中午，我出门没有多久，他们来了。

一共来了七个人，除了李四的几个孩子和他的女婿儿媳孙女，还有一个警察。

他们是坐着那个警察的车子来的。那警察是李瓦的好朋友。

那是一辆警用的面包车，面包车的头顶上装着那种可以叫唤的红灯，可以一路走一路叫一路放射着红色的光芒。李四说，那辆车远远过来的时候，他的心听得都碎了。

李四当时正在住棚不远处的路边，整理一堆我弄回来的垃圾，那是一堆转眼就可以换钱的垃圾，是我从很多很多的垃圾里捡回来的。我让李四把它们分类，哪天拉到各种不同的收购站去。

李四说，他以为那车子是路过的，没想到不是。那车子突然停了下来，把他吓了一跳。

车子一停，他就看到了他们，看到他的那些孩子还有那个警察。但他没有站起来，他就那么坐着。他只是抬起胳膊往脸上擦了擦，他想擦掉脸上的汗水，可他没有想到，他的胳膊很脏，抹过之后，他才发现胳膊上都是脏兮兮的汗水。

那警察本来走在后边，可他闪了几闪，就抢到了前头，站到了李四的面前。

李四当时想，他来干什么？他又不是我的孩子。

那警察却先说话了，他朝李四长长地伸着手，他说把你的身份证拿我看一看。

李四当然知道他的意思，但他不想理他，他觉得他的话没头没尾的，他把目光投到了孩子们的脸上。

他的嘴巴却紧紧地关闭着，他不想开口，他想听听是谁最先叫他爸爸。

孩子们就散开在警察的身旁，都在愣愣地看着他，没有人说话。

终于，李四发现李瓦的嘴巴连连地动了动，但是没有声音，他想他妈的，这小子什么时候得了结巴了，叫一声爸爸这么难？

李瓦的话终于出口了。

李瓦说，你，你听到没有，把你的身份证拿出来。

李四猛地瞪了李瓦一眼，但他还是没有作声，他把目光转到了李香他们的脸上。

那警察又说话了。这一次，他蹲下了身子，蹲在李四的面前，声音很低，也很平和。

他说大爷，你有身份证吗？让我看一看吧。

李四的心里一下舒服多了，这一舒服，李四忽然糊涂了。

李四手也不擦，就从身上掏出了身份证。

那警察接过身份证的时候，那种神态谁都可以想象，高兴得就像抓到了坏人了。他一看到那上边的人名，就知道不用再说什么了，他两根手指紧紧一夹，就把身份证高高地举过了他的头顶。李瓦他们没有看到那身份证上的人头，那人头刚好夹在警察的手指里，那是他有意夹的，他觉得，让李瓦他们看到那上边的名字就什么都不用再说了。

那是我父亲的名字。我父亲叫胡来。

李瓦他们全都看到了胡来这个名字，而且看得一清二楚。

那警察把我父亲的身份证狠狠一摔，摔在了李四的脚下。

然后，他起身走了。

李四想这人怎么这样呢？他看了看脚下的身份证，伸手刚要捡起，突然，有人把垃圾狠狠地踢到了他的身上。

是他的李瓦。

李瓦指着他的父亲，狠狠地警告道：

老头，好好捡你的垃圾吧！

就这一声警告，李四的心头突然一阵绞痛，像是被刀深深地插了进去。他想愤怒地站起来，他想给他一个耳光，可他竟然站不起来。他只有一双愤怒的眼睛，狠狠地盯着他，但他的眼睛盯不了多久，就被闭上了，因为他的另外两个孩子，他的女婿，他的儿媳，还有他的孙女，他们都愤怒地把垃圾踢到了他的身上，踢得垃圾满天地飞舞，他睁不开眼睛，也张不开嘴巴，最后，一屁股倒在了地上。

随着那些漫天飞舞的垃圾，李四听到的净是恶毒的咒骂。

他们说：想过好日子是不是？做你的狗梦去吧！

他们说：死去吧老头！别以为长得像我们父亲，就可以冒充我们的父亲了！死去吧！

刘大奇还上来给了他一脚，狠狠踢在他的大腿上。

他说你儿子呢？你儿子哪儿去了？

李四心想我儿子不都站在你旁边吗？你说我儿子哪儿去了？

刘大奇说，你告诉他，要是再敢骚扰我的艳艳，当心敲烂他的脑袋！

说完，一个一个愤怒地扬长而去。

看着他们走去的背影，李四好久才从垃圾堆里坐了起来。

随后，他放声大哭。

◆◆◆

我从外边回来的时候，李四还在乱糟糟的垃圾里坐着，我看到他两眼血红。

他说他永远都不会原谅他们，他们把那么多的垃圾都踢到了他的身上，他永远都不会原谅他们。总有一天，他要让他们统统跪在他的面前，他说总有一天。好像他恨的不是他的孩子，而是几个趁火打劫的恶人。

但我告诉他，我最恨的却是他，是他李四。

我说你应该对他们说话呀，你怎么能一句话也不说呢？

他说，他们都认不出我是他们的父亲，我对他们说什么呢？

他说他说不出。

我说有什么说不出呢？你首先得让他们听出你的声音呀，你可以叫他们的小名，你可以说出他们很多很多的事情。你不说他们怎么能认出你来呢？你在他们的脑子里你已经死了，你知道吗？

李四却因此愤怒了起来。

他说死了怎么啦？我就是烧成了灰，他们也应该认得出来！我是他们的父亲，他们是我养大的，他们有什么理由认不出我来？

我说你他妈的做梦，你还没烧成灰呢，他们都认不出你了，你要是真的烧成灰，你说还有谁能认出你呢？

他却一口咬定，他们没有理由认不出我来。你说他们有什么理由？

事情都成了这样了，他还找理由？他真的有点可恨！

我说你这老头你怎么这么犟呢，你要是这么犟你就永远回不到他们的身边，你相信吗？

李四没有给我回答，他只说，反正他们认不出我来，我回到他们身边又有什么用呢？

他说只要他们认不出他来，他就永远也不认他们。

我死也不认。他说。

他就是犟!

他说他们只要往我身上闻一闻,他们都能闻出我是他们的父亲来。他说他们根本就用不着看什么身份证。看身份证干什么?那身份证是什么东西?就因为身份证上的名字不是我的,我就不是他们的父亲了?荒唐!荒他妈的唐!

这话说得还算有点道理,可道理这东西有时就是不能成为道理。用我父亲的话说,垃圾堆里的道理多着了,那都是被城里的人们扔掉的,都变成了垃圾了。

◆◆◆

其实,早在艳艳扛着遗像回家的那天晚上,李瓦他们就一致认为,可能有人想冒充他们的父亲了。那天,他们为了艳艳在大街上的奇遇,作了整整一个晚上的分析,最后的结论是:肯定有人在想冒充!这年月,他们说什么荒唐的事情都有可能发生,不是连市委副书记都有人敢冒充了吗?而且还在市政府的办公楼里开会作报告,风光了整整半个年头。都觉得应该提防呀,应该小心,千万千万不能上当,千万千万不能被人当成传说的笑话。

唯独没有人想一想,他们的父亲是不是真的还活着。

所以,看到艳艳拿回那封信时,也没人细心地看一看那信上的笔迹,哪怕怀疑一下也是好的,那是他们父亲的亲亲的笔迹呀,他们竟然视而不见,或许他们有人在脑子里想到过,但他们的心里就是不肯相信,他们只是相信:冒充他们父亲的人,终于来了!

他们觉得不可思议,一个捡垃圾的老头胆子怎么这么大呢?

李瓦当即就把电话打到了那个警察的手机上。他问他有空儿吗？什么时候有空儿，有空儿帮我们收拾两个捡垃圾的混蛋，他妈的，一个捡垃圾的老头竟敢要冒充我的父亲，对，他说他还活着，他说他在哪里哪里正在捡垃圾度日，真他妈的此地无银。

　　捡垃圾是我和李四在信里留下的疏忽，我们真的不该写，也许那样他们就不会一眼把我们给看低了。不过，当时我和李四也是想到过的，我们最后觉得，还是说真话吧，说真话也许更好些，谁想到真话反而把李四的事情给砸了？

　　李四的那些孩子，他们为什么会这样呢？

　　李四想不明白。

　　我也想不明白。

　　我和李四曾经想过，是不是跟他们的职业有关呢？是不是他们的职业把他们的脑子弄成了那样？其实不是的。除了艳艳是读书的，李香是开出租车的，李香的丈夫李香的弟弟还有李香的弟媳，他们都是干什么的，我好像一直没有提到过，其实不提反而好，免得有人产生误解。我告诉李四，我在瓦城捡了快十年的垃圾了，我可是什么人都见过，他们都差不多，真的差不多。

　　可话说回来，如果我们是李瓦，如果我们是李香，我们又会怎么样呢？

　　我们也会怀疑吗？

　　会的，我们可能也会怀疑的。

　　但这话我没有告诉李四。

　　瓦城的很多事情，他也许到死都是弄不清楚。

我也弄不清楚。

◆◆◆

从此，我和李四，两人像两根木头，经常呆呆地站着，你望望我，我望望你，我说怎么办呢？他也说，怎么办呢？都不知道怎么办。每天晚上，我们好像都在想呀想呀，想看看还有没有什么办法，但什么办法也没有。那些天里，李四也跟着我上街捡垃圾去了。那是他自愿的。我说不用，我说只要住棚里还有吃的，你就每天都睡着吧，只要你能睡出什么办法来，那就好办了。我心里想，他不可能一直地跟我往下住，他还得想办法回到他的孩子们身边去。可他觉得老是那么睡呀睡呀，可能睡死了都睡不出办法来，就跟着我上街去了。

在大街上，李四只要看到他的孩子，就会急急地往前走去，他想让他们看到他，他希望他们在看到他的时候，突然找回到他们心里的印象。毕竟，他是他们的父亲呀，他不信他们真的一点都没有了印象。他不信。

但是，一点用处都没有。

除了几个白眼，或者几句咒骂，没有得到更多的东西。

我说，首要的问题可能还是沟通的问题，你还是想办法跟他们说说话吧，你别光是那么愣愣地看着他们。光是愣愣地看着他们是不行的，绝对不行。

可他还是那一句，他说只要他们认不出他来，他就永远不会对他们开口。

我对他们开口干什么呢？他说。

◆◆◆

有一天晚上，深更半夜了，他睡不着，他把我推醒。

他说，你能陪我去一个地方吗？

我说去哪儿？你一个人去吧，我要睡觉。

可他还是拉着我，他说去吧，陪我去一下。

他说他不能一个人去，他怕出事。

我只好迷迷糊糊地跟着他去了，但他却没有告诉我要去什么地方，直到走到了，他停下了脚步，他才悄悄地告诉我，他想听听他那李城的房里睡着几个人。

我当时没有听懂。我觉得这老头怎么这么奇怪。

我说睡一个人又怎么样，睡两个人又怎么样？

他说睡一个人那就是他的老三李城一人。

我说那睡两个人呢？

他说睡两个那就不光是他老三李城了，另一个肯定是他李城的女朋友。

我说那又怎么样呢？

他便不再看我，他说你不懂，我说了你也不懂。

我说我有什么不懂的呢？你说吧！

他还是不说，他说待会告诉你吧，待会告诉你，你先给我听听，听听是一个还是两个？

李城住的是一楼，楼下的路灯全是黑的。李四拉着我悄悄地摸到李城的窗下，我们听了好久，才听到了睡的不光是李城，还有一个是个女的，毫无疑问，那就是李城的女朋友了。但那女的声音一点都不好听，有点像是猫叫。而李四心里却是甜丝丝的，我当时还想多听一点什么，他却把我拉走了。

他说行了，不要再听了。

往回的路上他告诉我，他心里最牵挂的只有这个老三了。他说他李城快三十了，他的房里如果晚上总是睡着一个人，那他以后就难了。我说难不难是他的事，他们连你都不认了，你还管他干什么呢？他就说，这你就又不懂了，再怎么说，他总是我的孩子吧，我心里不挂念他，谁挂念他呢，他妈妈没有了，他的哥哥和他的姐姐，他们这样没心没肺的，他们还会想着他吗？

这老头真他妈的不可理解。

◆ ◆ ◆

人心其实都是不可理解的，但人心都是肉长的，就连李瓦他们也是这样。李瓦他们的心也不是那种完全的木头，真的不是。在他们的心里，他们的母亲死了，他们的父亲他们也以为死了，他们真的很伤心，他们真的感到他们是有错的，他们不知道如何才能弥补他们的过失。每天晚上，吃饭的时候，他们都会在桌上多放两个饭碗，多放两双筷子，喝酒的时候，还给父亲也满满地倒上一杯。每一家的电视机旁，都放着父母的照片，都镶在那种很高档的镜框里，照片的前边，就是父母的灵位。进门的时候，都会首先走到父母的面前，默默地看一看；出门的时候，也是首先走到父母的面前，默默地站一会，然后才转身出门，然后，轻轻地把门关上，而且关门的声音都比以前小了，像是声音大了会吵着了父母，他们总是把门轻轻地带上，可能是轻轻地带上了，那门还是响，他们就在锁头那里抹上一点蜡，在门的活页上滴上几滴油，让门的声音慢慢地小下去，最后几乎是没有了响声。这些都是后来我和李四亲眼看到的，而且是李四自己发现的，他先是怀疑他们的门，怎么都不像以前会发出的响声了，毕竟，李四是有经验的，他把门上的活页，一个一个地看了，还用手去摸，摸得手指上都是油。头一次，他是在李城家里看到的，他当时看着手上的油，泪水就下来了。我不知道他的心里当时是怎么想的，我没问他，我只是对他的这种说法表示有点怀疑，我说你凭什么以为这活页的油，就是为了不让门的声音太大，而不让门声响得太大，又是为了不惊动他们的爸爸妈妈，为了让他们好好安息呢？

但李四说，你不用怀疑。

他说我知道。

有一件事，我倒是完完全全地相信，那是艳艳当面告诉我的。

她说，她母亲每天深夜开车回来，临睡前，都会走到她姥爷和姥姥的面前，然后默默地说着：

爸，

妈，

我累了，

我要睡了，

我要关灯了，

你们也好好歇着吧！

说完了默默地鞠上一躬，然后再把灯慢慢地关上。

181

她说她妈妈几乎每天晚上都要这样,而每一次都让她十分地感动。

我当时只闪过一点点的怀疑,我说真的吗?

她说当然是真的。

我便在脑子里把她母亲那种默默的样子默默地想象了一遍,并在嘴里默默地念道:爸,妈,我累了,我要睡了,我要关灯了,你们也好好歇着吧! 就这么刚一念完,我还来不及在想象中把灯慢慢地关上,我的眼睛忽然一热,我悄悄地被感动了,我差点要落下泪来。

◆ ◆ ◆

艳艳和我曾有过一次亲密的接触,当然,我说的这种亲密不是你们说的那种亲密,而是她在我的屁股上狠狠地踢了一脚,在我的大腿上踢了一脚,一共踢了我两脚。

是她自己找到我的,因为我和李四,我们俩偷偷地打开了他们家的房门。

那是李四忽然想到的一个绝招。有一天,我回家的时候,看见他蹲在住棚的门前等我。他说他的钥匙丢了,我当即就告诉他,丢了也可以进啊,你用不着这么等着。我让他把身份证拿出来,我用我父亲的身份证轻轻一插,就把锁头打开了。

他一看,两眼就惊奇地大了起来,他拿过身份证不停地看着,摸着,他没想到那身份证竟然还有那么大的用处。

突然,他喊了一声,有了!

我问他什么有了,他竟不说,只拉着我,让我跟着他走。我没想到他要拉我去干什么,直到我们悄悄地摸到了艳艳家的门前,我还不知道他要干什么。我不知道那就是艳艳他们的家。在那之前，我没有去过。直到他用我父亲的身份证打开了艳艳家的房门，一眼看到了电视机旁的他和他老伴的遗像，我才大吃了一惊。我这时才发现，李四胆子真大。他要是在路上把这个想法告诉我，我会死死地拉住他，我不会让他去做这样的事情的。倒不是怕他捅烂了我父亲的身份证，不是。我是怕他这种小偷的做法，要是被人发现了，问题可就大了，如果屋里有人，如果打开房门的时候突然碰着了邻居出来，结果真是不堪想象。

然而，我们进了一家又一家，而且往返进出了好几次，我们从来都没有碰到过哪家有人，我们在楼道上倒是碰到过几次楼里的邻居，但没有人把我们放在眼里，我们在开门的时候也碰着有人上楼下楼，但没有人怀疑我们是坏人，就连一丝怀疑的眼光也没有。其实他们咳嗽一声都能把我们吓得半死，但他们好像见了我们，反而把嘴巴闭上了，闭得紧紧的。

有一天，李四还为此专门问我，他说瓦城人怎么这样呢？

我说全靠他们这样，要不你早就完蛋了，你早就被当作坏人抓了好几次了。

他点点头，他说这倒是。

我问他你当时胆子怎么这么大呢？

他说没什么胆子，我只是想，那是我孩子的家，我怎么不能进呢？

别的，他说他没有多想。

◆ ◆ ◆

每一次，我跟着李四走进李瓦他们的家里，李四都不让我乱走乱动，他就让我在他的身边站着。他说你别动他们的东西，你什么都别动。我跑到厕所，也就是你们说的洗手间，我要撒泡尿，李四都不让，我的东西都掏出来了，我已经站好了架势，他还跑过来一把狠狠地揪住我的东西，硬是塞回了我的裤子里。他怕我的尿会留下异味，会让他们产生怀疑。

我说我的尿有那么臭吗？

他说臭死了，不跟你住在一起我还不知道呢，你的尿简直是臭死了，好像整个瓦城的垃圾都在你的尿里，你的尿里全他妈的都是瓦城的垃圾。

为了李四，我只好憋着。

李四的目的十分简单。一进门，他就走到他们的遗像前，先是给他的老伴默默地说上一句什么，然后拿起他的遗像，狠狠地摔到地上，把他的遗像摔得粉碎，然后找出一些能让他们想起他的东西，丢在被他砸烂的遗像旁边，比如，他从山里给他们拿来的一些竹器；比如，他们给他穿过的一件什么衣服。有一天，我们在李香的家里，他竟把厨房里的切菜板也扛了过来，丢在碎玻璃的边上。我看着纳闷，我说你这是干什么？他指着菜板边上的铁箍说，这是我帮他们箍上的，我要不箍，这菜板早就没有了。

在李瓦的家里，我们又看到了我们写的那封信，我想把它撕了，他却叫我放手，他让我给他，然后他在李瓦家的书房里，找到了以前他给李瓦写的信，他把两样东西放在一起，放在那些碎玻璃的上边。

他想唤醒他们的记忆。

然后，我们回到住棚里等着。

我们等着他们的动静，我们以为他们会悄悄地出现在住棚的门前，然后悄悄地把住棚的门推开，然后……然而没有，什么动静也没有。

李四不肯相信。他说我们再去，我不相信他们真的这么麻木！

就这样，我们又反反复复地进出在他们的家中，每一次重去，我们都看到李四的遗像又换了一张新的，李四就再一次摔烂在地上，再一次地重复着把那些能让他们想起他的物件，一一地摆在碎玻璃的上边。

那样的过程其实是李四很痛苦的过程，有时我看到他很愤怒，愤怒得两眼血红；有时，我则看到他默默地流着老泪，一滴滴，一串串，落在那些物件的上边。

然而，李瓦他们都把这些当作什么了呢？他们当然不会视而不见，但他们只是感到恐慌，感到一种从来没有过的恐慌。看着摔碎在地上的镜框，看着碎玻璃上的那些物件，他们只是在暗暗地发抖，他们被吓慌了，他们都以为，是父亲在发怒了，是他们的父亲回来显灵了。李瓦不敢告诉李香，李香也不敢问问李城，李城当然也不敢跟李瓦吱声，都以为父亲怪罪的只是自己，都再一次地在心里默默地骂着自己，骂自己真他妈的该死，骂自己那天晚上为什么不问问父亲后来住在了哪里，如果问一问，如果找一找，即使头一天晚上没有找到，但第二天也许还是能找着的。父亲不死，母亲怎么会死呢？肯定是父亲怪罪来了，所以，他们都默默地承受着，谁都没有吱声。

这是艳艳告诉我的，因为艳艳猜到了是我们干的。

但她没有告诉他们家的大人。

◆◆◆

那天我正在街边捡我的垃圾，我没想到艳艳会突然出现在我的身旁，一脚狠狠地踹在我的屁股上，把我踹倒在了垃圾桶旁。

我回头一看抽身就想逃跑，我怕她还有同学跟上，我怕他们揍我。

但我被她喊住了。

她说别跑，跑了明天还得找你。

我看了看四下没有别人，就站住了。

她说，你和你爸爸，你们是怎么进的我们家？

我当然不能告诉她，我装着我没有听懂。我说我不知道你说什么。

她说你别装，你再装我也知道是你们进的。

我说你凭什么，你有证据吗？

她说我不要任何证据，你也不用慌，我只要你给我保证，以后不能再进了，知道吗？

说着，她打开那瓶拿在手里的矿泉水，递到我的手里。

我没想到会有那样的好事。你别看那只是半瓶的矿泉水，而且是她喝剩的，在那之前，有谁给我喝过吗？没有。我们整天在大街上来来往往地捡我们的垃圾，从我们身边走过的人，有大的也有小的，有男的也有女的，有是官的也有不是官的，有有钱的也有没有钱的，有谁给我喝过半口水呢？有人的手里拿着剩下的矿泉水比那还要多，可他们总是当着你的面，直直地丢进了垃圾桶里。

看着那半瓶矿泉水，我是真的有点感动，当然，我不至于感动得两手发抖，我只是忽然觉得她长得真是有点漂亮。其实她长得很一般。

我对她笑了笑，我说了一声谢谢。她随后把我叫到一旁的台阶边坐下。我不坐。我怎么能跟她坐在一起呢？我在她的面前站着。然后她告诉我，说她的爸爸妈妈，她的舅舅他们，是如何如何的愚蠢，只有她猜到是我们干的。

你知道我怎么猜到你们吗？她问。

我说我不知道。

她说因为你们没有拿走任何一样东西。我说不拿东西就能证明是我们干的吗？她说当然啦，因为你们有更大的阴谋，你们想让我们觉得我姥爷还活着，你还是想让你的爸爸能成为我的姥爷。

我说那其实就是你的姥爷。

她说你别再这么说，你再这么说，我就报警去了。

我说那你去呀，你报警去呀。

她说你以为我不敢吗？我刚才就是要报警去的，可我看到你，我就不想去了。

我说为什么？是因为觉得我们可怜吗，不会吧？我让她别这么说，你要是这么说，我会觉得全身发冷的。

她便生气地站了起来，她说你别不相信人好吗，我真的是看见你可怜才停下的。我觉得你们这些捡垃圾的还真的不容易。整天跟这些垃圾在一起，又臭又脏，能挣几个钱呢？

我说挣不了几个，一般般吧。

她说这我知道，捡垃圾如果能捡出好日子，你也就不打我姥爷的主意了。对吗？

我说对什么对，不对！那真的就是你的姥爷。

她一脚就狠狠地飞在了我的大腿上，把我飞得远远的。

◆◆◆

我有点吃不透艳艳这个女孩。她是真的可怜我们吗？

过了好几个晚上，我才把艳艳的发觉告诉了李四。李四听后脑袋突然一沉，掉到了大腿根上，好久才抬起了头来。他说完了，完了，他们怎么这么麻木呢？他们不是都读过书吗？他们怎么就相信那是我显的灵呢？我人都还活得好好的，我显什么灵呢？我就是死了，我也是显不了灵的呀，我怎么显呢？我一个山里的老头子，我都不相信那些东西，他们怎么反倒相信了？他们都读过什么书呀？他们有的还是国家的干部呢？你们到底干的国家什么部？

我一声不吭。

就是那天晚上，深更半夜的时候，他突然从床上悄悄地爬了起来，灯也不开，就悄悄地往外走去。我以为他是撒尿去的，但他一出门就回头把门掩上了。我心里忽然一沉，心想这老头会不会去寻短见呀？我不敢多想，也不敢把他喊住。我悄悄地就跟在了他的身后，跟着他慢慢地走着。

最后，他爬上了一段高高的城墙。

那是一段古老的城墙，人们把那里叫作古南门。

我想他爬到那上边干什么呢？他要是头朝下往下一栽，那也是必死无疑的。

我于是大声地喊道：李大叔，你要干什么？

我的声音把他吓了一跳，他在城墙上朝我回过了头来。但他没有作声。

我急急地朝他爬去。

他说你来干什么呢?

我说那你呢? 你来干什么?

他说我睡不着,我想到这里来坐坐。

我说这么远的地方有什么好坐的呢? 你不会有什么想不开吧?

他说不,我只是想到这里坐一坐。

我不肯相信。我说你不用骗我。

他说我骗你干什么呢?

然后,他把目光抛往远处的天边,好像要在前边的黑暗里寻找什么。

然后,他告诉我,这里他已经不知坐过多少次了,前前后后,都二十年了。头一次,是送他的李香进城的那一天。那一天你知道我上来干什么吗? 他问我。

我摇摇头,我说我不知道。

他说,我当时只是觉得这个地方好,我想找一个高一点的地方坐一坐,我想好好地看一看瓦城。因为瓦城是我心里一直向往的地方,我早就发誓要让我的三个孩子,一个一个地都成为瓦城的人。那时他们还小。

我忽然就感到异常的惊奇,我说那你跟我父亲一样。

他便定定地看了我一下,他的头接着摇了摇,他说不一样。他说你父亲怎么跟我一样呢? 不一样。我和他完全不一样。

我知道他的意思。他的意思是我的父亲不如他,我不能随乱地拿我的父亲与他相比。

他接着便转过了头去，继续看着远处的黑暗。

他说，那天我就坐在这里，那时太阳已经下山了，但天上的白云还在，还在东一朵西一朵地飘着，我就看着那些白云，我想啊想啊，突然，我眼里的一朵白云变成了一块麦田，我发现那块麦田是从远远的山里飘过来的，飘呀飘呀，就飘到瓦城来了。

你知道我的意思吗？他问我。

我觉得这种想法蛮有意思的，我觉得有点像梦。但我不知道他说的意思是什么意思。

我摇摇头，我的意思是我不知道。

他说，我当时的感觉是那一块麦田就是我的李香。

我当时有点想乐，我不由轻轻一笑。

他说你别笑，真的。你现在还小你还不知道，在每一个当父母的心中，他们的任何一个孩子，其实都是他们心中的一块麦田，等你大了，等你结了婚，等你有了小孩，你就什么都知道了。从那以后，不管是送来我的李瓦，还是送来我的李城，只要他们有人又进入了瓦城，送到后我都会爬到这里来，我总是像现在这样坐着，然后看一看天空，看一看天边的白云，我会觉得我心中的又一块麦田，在飘呀飘呀，从山里又远远地飘到了瓦城来了。那种感觉你可以想象，那真是太幸福，太幸福了。李城是最后一个到瓦城来的，那一天，我还拿来了一瓶酒，我坐在这里慢慢地喝着，我喝一口，想一想；想一想，又喝一口。我觉得在我们那个山里，我是永远没人敢比的。我这么跟你说吧，在我们山里，只有我李四，我能让自己的孩子一个一个地全都成为了瓦城的人。我在我们那里，是最能干的，也是最被别人羡慕的，因为别人的孩子，别人的麦田，他们都在山里待着，永远在山里待着，就我李四，就我李四的孩子，就我李四的麦田，全都一块一块地飞到了瓦城来了。你说，谁能跟我比呢？

没有，

绝对没有！

李四说得有点激动，说着说着，就流了一脸的泪水。

◆ ◆ ◆

从古南门回来，我的脑子里也经常飘荡着李四的那些麦田，我想象着，如何把那些麦田，一块一块地拖下来，然后铺垫在李四的脚下，铺展在李四的身边，让李四轻轻地抚摸着它们，让李四在上边任意地走来走去，累了，他还可以躺在上边呼呼地睡着他的大觉，一直睡到月亮升起的时候，才被那些麦田慢慢地托起，托起，然后在夜风中晃来晃去，晃去晃来……

但我不知如何帮他。

李四好像也没了捡垃圾的劲头了，整天蔫蔫的，像一块一直等不到雨天的麦田，让人越来越可怜他。我安慰他，我说实在不行，实在回不到他们的身边，你就真的当我的父亲好了，我们一起捡垃圾过我们的日子吧。

他却总是摇着头。

很坚决地摇着。

他说不，我再等他们几天，我看看他们在七七那天做些什么，我看他们还能不能让我看到希望，如果没有了希望，我还是回我的山里去吧。只要回到我的山里，只要我不死，总会有一天，会有人把话传到他们的耳朵里的，到时，他们会回到山里去的，到时，他们会自己跪在我的面前的，我让他们一个一个地跪，我让他们给我跪成一排。

我没有作声，从他的声音里，我觉得有点阴森森的，我觉得身子有点发冷。

于是，我们便数着日子，等着第七个七天的到来。

那一天，他早早地就把我推醒了。

他让我帮他去侦察，看他们各家都有些什么动静，然后回去告诉他。

我急急地就跑到了他们各家的楼下，但我看不到他们与往常有什么不一样的动静，该上班的他们还是一样去上班；该跑车的，还是一样去跑车；该上学的，也还是一样去上学。中午的时候，他们该回家的还是一样地回家，接着，该上班的还是转身就上班去了；该跑车的，还是一样去跑车；该上学的，也还是一样去上学，一个下午就这样也过去了。我在他们经过的路口，注视着他们。我看不到什么值得跑回去告诉李四的东西。

我心想，完了，这李四看来要彻底地失望了。我想，我该不该把他挽留下来呢？怎么挽留？留下来又能怎么办呢？就这么让他跟我一起捡垃圾，一直捡到死去？就这么几个问题，让我整整犯难了一天，有的问题，在阴暗的地方想不开，我就跑到强烈的阳光下，我让太阳拼命地晒在我的头顶上，我希望太阳晒着晒着，突然间就把我的脑袋晒出了一点什么想法来，可太阳把我都晒昏了，我还是想不出该怎么办。我想还是再等一等吧，我希望能等出一个李四希望得到的结果来。

李四要等待的是一个什么结果呢？

李四没有告诉我。我问过他，他说到时看情况吧，看情况了再说。

他说，他也有点吃不准，吃不准会不会还有希望。

临黄昏时，我才突然发现了他们的活动。

我先是发现了李瓦夫妇，他们都换了衣服，然后站在街边拦住了一辆出租车。门还没有打开，李瓦就朝里边的司机喊道：去瓦城酒店！

看着往前开走的车子，我也飞腿朝瓦城酒店狂奔而去。

到了瓦城酒店我才发现，李城早就来了，李香一家也来了。还有一些我不认识的人，肯定都是他们的朋友。他们在瓦城酒店的一楼餐厅里，摆了大大的一桌酒菜。

我转身就往回跑去，我要回去告诉住棚里的李四。跑没多远，我便拦住了一辆的士，我怕等我跑着回到了住棚，再和李四跑回来的时候，他们早就离开了酒店了。那是我有生以来头一次坐的出租车，也是目前唯一的一次。我让出租车先拉我回到住棚的门前，然后拉着李四，飞一样回到了瓦城酒店的大门前。

我告诉李四，他们肯定是在这里吃饭。

李四说对，他们今天是应该吃饭，跟他们在一起吃的，还应该有他们的母亲，还有我。等吃完了这一餐了，他们的母亲，还有我，就算是跟他们永远地离别了。

我说永远离别的是他们的母亲，不是你，你还活着，你还要回到他们的身边。

他说对呀，我就是要回到他们的身边，我没说我死呀，我那说的

193

是道理。

他突然就急了起来。

我说那我们怎么办？我们也进去跟他们坐在一起吗，不可能吧？

他便不再理我，他四处地乱窜着，最后，窜到了一楼餐厅外边的一面玻璃墙下蹲着。

从那里，可以清清楚楚地看到酒桌上的他们。

那是一面高高的玻璃墙，从顶上几乎一直地装到地面上。李四拉着我在他的身后坐着，他不让我靠在他的身边，不让我与他并排。但我还是从玻璃的反光里，看到他的胸前举着了一张小小的照片。那是他老伴的照片。是他在翻李瓦家的书房时翻到的，被他偷偷地收在了身上。

我知道他的意思，但我说，你这样没有用的，你还是进去吧，这可是一次最好的机会了，你进去一个一个地叫他们的小名，你告诉他们，你是他们的父亲，你手里拿着的是他们的母亲。你让他们好好地看一看。他们要是再不相信，你就一个一个地说出他们身上的印记，然后让他们一个一个地脱下他们的裤子。我话没说完，就被打住了。

他说你怎么老这么下流呢？你不能光想着这些下流的手段。

他说完狠狠地白了我一眼。

我说那你就进去跟他们说说话吧，你一说话，他们会听出你的声音的。

他摇着头，他说他不进去。

他说我进去干什么呢？我只让他们看到我，我让他们看到我难受，这就够了。

因为我是他们的父亲！他说。

我说好好好，你是他们的父亲，那你就这么蹲着吧，你看他们难受不难受。

一转身，我也蹲到一边去了。

酒桌上的人都吃得挺开心的，该喝的还是一口就把杯里的酒喝掉了，该吃的，还是一嘴塞得满满的，吃得眼睛一翻一翻的，几乎都是白眼，看他们的吃相，你一点都看不出来，他们的爸爸死了，他们的妈妈也死了，这一餐，是给他们的父母送行的。

玻璃墙外的李四默默地蹲着，默默地看着，默默地在胸前举着老伴的照片。

从玻璃的反光里，我看到李四的眼泪在默默地流着，在默默地往下滴答着，慢慢地，他好像有点受不了了，他的身子好像在暗暗地颤抖，他晃了晃身子，最后把脑门儿重重地顶在玻璃墙上，但他手里的照片没有放下，他的眼泪还在慢慢地往下流着，他的眼光穿过泪水，还在充满希望地盯着酒桌上的孩子们。

那样的情景，我都受不了了，但我不敢过去惊动他。我的眼睛眨了眨，我也禁不住流下了泪来。

终于，李四被他们看到了。

最先看到的是艳艳，她两眼忽然一惊，随后把手长长地横到桌面上，她让他们把手里的酒杯和饭碗停下。她让他们快看，快看一看玻璃墙外边的李四。

就这样，所有的眼光都朝玻璃墙外的李四投来。

他们可能没有看到李四胸前的那一张照片，因为那张照片太小。

195

可李四脸上的泪水呢？李四的脸那么大，他们是应该看到的。

然而没有！

李四的泪水只是李四自己的泪水。双方的眼睛对视了没有多久，李瓦就招手把一个饭店里的保安叫到了面前。从李瓦那动来动去的嘴巴上，我能猜得出，他跟保安说了些什么。

他一定说，去！去帮我把外边的那个老头轰走，那是一个捡垃圾的老头，他趴在那里影响我们吃饭你知道吗？一边说，一边朝玻璃墙外的李四胡乱地指着。那保安不住地点着头，然后对着玻璃，直线朝我们走来。一边走，一边朝着我们不停地扬手，嘴巴也跟着不停地说话，那意思是让我们走开走开，捡你们的垃圾去，这是饭店知道吗？饭店里没有你们要捡的垃圾，到别处去吧，走走走！人家里边要吃饭你们知道吗？他肯定是这么说的，不这么说他会怎么说呢？

我怕保安。我怕保安远过于害怕警察。他们根本不跟你讲什么道理，他们的道理是，你们这些人不能随乱跑到我们这里来。

我一看不好，马上过来拉了李四一把。

李四却不理我，他把我的手打掉了。

我说再不走待会就要挨打。

他还是不理我。他依旧那么蹲着，手里的老伴一直地贴在胸前。

那保安不停地敲打着李四脑门儿上的玻璃，让李四走开走开。

李四却不怕。

李四没有把脑门儿从玻璃墙上挪开。

那保安的眼睛突然就愤怒了，他接连比画了几下之后，转身就往外扑来。

一看保安那怒气冲冲的样子，我的两条腿早已惯性地往远处飞去，但我还是紧紧地拖住了李四，我使出了全身的力气，把他从玻璃墙下拖得飞了起来。

我说走吧，不走就他妈的遭殃了！

李四的身子沉沉的，他拼命地与我对抗着，我都把他拖出了好远了，他还倾着身子往回扑着，想回到那块玻璃墙下。

全靠艳艳飞快地跑了出来，才把那个怒气冲冲的保安给拦住了。

艳艳的手里提着一个不小的食品袋，袋里装有不少随意倒进来的吃的东西，有鱼，有肉，还有虾子等等，都是一些我从来没有吃过的东西。她把那些递到李四的手里，一边推着李四快走，一边回头叫那个保安回你的酒店去，你不要管。

然后，我听到艳艳对李四说了一声大爷，她说你别哭，你用不着难过。

李四推回手里的袋子，但艳艳不让，艳艳让他拿着。

她说你拿着吧，你真的很像我的姥爷，你要不是捡垃圾的，我也许会认你做我的姥爷的，你相信吗？

说着，她还从身上掏出了一些钱来，硬是塞进了李四的手里。

李四当时只剩了哭，只剩了流泪，他的嘴巴哆嗦着，就是听不到一句话。

◆◆◆

也许从艳艳的身上他感觉到了一点点什么温暖，回来后，竟不再提要回山里的事了。他整天只是默默地坐着，泪水也是要掉不掉的。

我不知道为什么。我没有问他，也不该问他，否则就等于要把他赶走。我也不再问他往下怎么办？有关他的话题，我一句都不提。

默默地，又过了好几天。

但不知怎么，我的心里总像结着一块疙瘩，我觉得他这么住下去总不是办法，毕竟，他是李瓦他们的父亲，而不是我的父亲。我想我还得帮他。我决定硬着头皮，找他的孩子们谈一谈。我想让他们到我的住棚里坐一坐。我想只要坐一坐，只要谈一谈，李四就会眨眼间又是他们的父亲了。李四要的不就是他们给他先开口吗？

出门之前，我换了一身好点的衣服，我还在大街上剪了一下头发，我让我变得干净一点，我不能让他们觉得我一身臭烘烘的，那样他们不会理我，也不会听我说话。

走过派出所门前的时候，正好碰着了李瓦。他正跟那一个警察朋友聊着什么，聊得满嘴笑哈哈的。于是我站住了。我想，我先跟李瓦谈一谈吧。但我没有朝他们走上去。我说过我怕警察。我这不是说我恨他们，不是。我只是怕。我在一棵树下等着，等李瓦走开了，我再追上去。

但李瓦却先看到了我了。

他朝我招招手，让我过去。

我没有过去。我也没有走开。

他便拉着那个警察，两人一起朝我走来。

他们两人的脚步声挺重的，也挺响的，一步步的就像是一脚脚踏在我的心坎上，让你感到有一种要震要裂的感觉。真的。

李瓦一上来就问我：你和你的父亲，最近还有什么新的想法？

我知道他的意思，但我告诉他，我不知道你说的什么意思。

我说，那真的就是你的父亲，我今天就是想找你好好地谈一谈。

李瓦的嘴里突然就嘿嘿了两声，回头对那警察说，听到没有，他还想找我谈一谈哩，他说那老头就是我的父亲。

我说真的，那真的就是你的父亲，不信你去跟他聊一聊你就知道了。

他啪的一声，一个巴掌狠狠地打在了我的脸上，把我的脸都打歪了。

我揉了揉，我把脸又扭了回来。我的泪水已经出来了，但我的嘴巴没有停下。

我说真的，你去跟他聊一聊你就相信了。那真的就是你的父亲。他叫李四。

李瓦啪的一声，又一掌打在了我的脸上，我突然感到嘴里一阵温热，我知道我的嘴里出血了，我努努嘴，我想把血吐出来，但我的双手忽然被那警察扭住了，他往后一拉，就把我铐在了身后的小树上。那树很小，摇摇晃晃的，让你想靠都靠不住。李瓦也不让我靠，他猛然一脚就踢在我的小腿肚上。我脚下一失，身子从树上滑了下来，一屁股重重地坐在了地上。

李瓦慢慢地蹲下来，蹲在了我的面前，然后问，告诉我，那老头是谁的父亲？

我告诉他，我说那老头真的不是我的父亲。我说我的父亲已经死了，你们拿回山里埋掉的那个老头，那就是我的父亲。

李瓦说，我不听你说这个，我现在只问你，我需要你直接地给我回答，你告诉我，那老头是谁的父亲？

我说真的是你的父亲，他真的就叫作李四。

他忽地就站了起来,猛地一脚就踢在我的大腿间,踢在我的东西上,让我感到彻骨的酸疼,但我不敢大声尖叫,你越是大声尖叫,他就会越加地踢你,我只是咬着牙,我夹紧了腿,我拿屁股在地面上胡乱地搓着。

接着,李瓦又蹲了下来,像是要慢慢地看着我那疼痛的样子,好久,才又问道:

说!那是谁的父亲?

我说不是我的。

他说,我是在问你,那是谁的父亲?

我摇摇头,我那是痛得实在太难受,但我还是说,那真的是你的父亲。

这一次,他慢慢地站了起来,然后拿眼去看一旁的警察,好像不想再理我了,可是,谁知他忽然地就转过了身来,一脚狠狠地踢在了我小腿前的骨头上,这个地方只有皮只有骨头,只有筋,一点肉都没有,整根骨头都像被他的皮鞋踢断了一样,我疼得简直不知如何才是,往时要是伤着这个地方,我会在地上不停地跳,不停地转圈,会不停地搓来搓去,可这次,我只剩了胡乱地晃着腿,只剩了不停地歪着嘴巴。

李瓦却没有完,他随后又慢慢地蹲了下来,歪着头,嘴里慢慢地问道:

我再问你,那老头是谁的父亲?

这一次,我的嘴巴突然软了,因为我的心在不住地颤抖,我觉得李四是他的父亲他都不要,我却为了李四忍受着他的折磨,我值得吗?何况,我的手在树后边铐着,我的屁股在地上坐着,我的整个人都在他的皮鞋前摆着，我的嘴巴还能硬到哪里去呢？

我于是说，我的，我的。

我说那老头是我的父亲。

李瓦这才满足地呵了一声，然后笑了笑，然后在我的脸上轻轻地拍了拍，然后慢慢地站了起来，然后，站到一旁烧烟去了。

这一次，是那警察上来了。他一边接过李瓦给他的香烟，一边在我面前蹲下了身子。

他说，你不就是想让你的父亲不再捡垃圾吗？你不就是想让你的父亲生活得好一点吗？从这点上说，你还是一个挺孝顺的孩子的，你真的很孝顺，我们很多人都比不了你呢，但你不能在大街上看到有人捧着一幅像你父亲的像，你就想到要让你的父亲去冒充别人的父亲呀。我告诉你，我现在就可以这么铐着你，把你送到医院去，然后给你抽血，然后给你做亲子鉴定，到时候，你就等着坐牢吧，你相信吗？

我相信，我给他不停地点着头，我说我相信。

其实，我是怕坐牢。别人怕不怕坐牢我不知道，我觉得我这种捡垃圾的，我还是怕的好，我要是一不小心进了监狱，我还怎么成为瓦城人呢？我父亲的理想我怎么实现？

◆◆◆

谁都可以想象，回到住棚后我是如何愤怒的。我把李四狠狠地骂了一顿，然后捡起我的东西转身走了。我自己离开了我的住棚。我不管他了。我想我一个捡垃圾的，我不能管他那么多，我管他那么多干什么呢！我说你这个老头，你也死去吧！你不是想回到你那些孩子的身边去吗？做你的梦去吧！没人要你这顽固的老头。就为了一个烂生日，你弄得我爸爸死了，弄得你老婆也死了，眼下就只剩了你孤零零的一个人，你的孩子也不要你了，你说你还活着干什么呢？你也死去吧！

他埋着头，没有作声。

我说你这个老头你怎么就那么顽固呢？你的孩子们他们不认你，他们是有理由的，因为你已经死了，何况你的死是你自己弄出来的，你怪不了他们。他们当然有他们的不对，可你是他们的父亲呀？你怎么就不能原谅他们呢？有一句话，说是大人不记小人过，你没听过吗？我一个捡垃圾的我都听说过，你怎么没听说过呢？你怎么光是知道指责他们，你怎么就不知道也指责指责你自己呢？

在我看来，只要他肯把那张父亲的脸皮撕下来，他的孩子们会原谅他的。毕竟，他是他们的父亲呀！

他却埋着头，还是没有给我回话。

我说我在瓦城捡了快十年的垃圾了，我还没有捡到过像你这样麻烦的。

就这一句，他竟说话了。

他说你什么意思？他的两只眼睛有点恨恨地瞪着我。

他说你说我是垃圾？

我当时不知道我是这个意思。我真的不知道。

我说我没说你是垃圾，我只是觉得你有点让人讨厌了。

可他却一口咬住了。他说你就是说了，你说你捡了十年的垃圾了可你没捡到过像我这么麻烦的，你就是把我当成了垃圾了。

我一下竟不知道如何给他回话了，我说你他妈的李四，你就是垃圾，你的孩子们他们都不要你了，他们把你扔掉了，你说你不是垃圾你是什么？

我话没说完，他突然一个巴掌打在了我的脸上。打得我一脸火辣辣的。说实话，我当时真的想给他还手，但我后来忍住了，我没有把手举起来。我愣愣地站了一下，我摸了摸被打得火辣辣的脸，我说好，好！你不是垃圾，是我说错了，你的孩子们他们没有扔掉你，他们还在等着，等着你回到他们的身边，你自己想办法吧，你要是想不出办法你就死在这里，反正这个住棚我也不要了，我要去米城找我的母亲，我不会回来了。

当天，我真的就去了米城，我真的想趁机找找我母亲的消息。

◆ ◆ ◆

我无法想象，后来的李四是怎么过的。

住棚里的米已经不多，我猜想，那天晚上的李四，可能是灯也不开饭也不煮，他就那么黑乎乎地躺着，一直躺到了第二天的早上。天一亮，他就赶到了瓦城的汽车站，然后在售票的窗口来回地转圈着，他手里可能紧紧地攥着一些钱，但不会太多，也许刚够买一张回到县里的车票，也许不够。他迟疑着，是回去呢，还是继续留下，留下努力回到孩子们的身边？最后，他望了望车站上空的白云，也许他真的看到了白云了，于是他把钱收进了口袋，转身又回到了我的住棚里。

我猜想，后来的李四，肯定是一个一个地出现在了李香李瓦李城他们家的门前，然后一家一家地敲打着他们的房门。他只是默默地敲打着，他绝对不会作声，在他来说，他要敲打的也不是他们的家门，而是他们的良心。他等着他们出来，然后，两眼愣愣地看着他们。

反正，他不说话。

可他们呢？李香李瓦李城，他们认出了那是他们的父亲吗？

没有。

肯定没有。

否则，就不会出现后边的结果了。在他们的眼里，李四还是那个捡垃圾的老头，而不是他们的父亲。他们对他的敲门感到讨厌，感到愤怒，他们总是嘭的一声就把门关上，关门之前，或者给他一点吃的，或者给他一点钱，然后告诉他，我们这是可怜你，你知道吗？因为你长得确实很像我们死去的父亲，但你不能太过分，你不能老是这么缠着我们你知道吗，你不能这么缠着，你老这么缠着，你就太不懂事了。

去吧，捡你的垃圾去吧！

然后，把李四推到了楼道上。

有一次，说是李四的敲门声把李城给气疯了，他提着一把炒菜铲，差点就要劈在李四的额门上。李城说，你不会真的想找死吧？你要是真的想找死，你就一直地往上走，你可以爬到楼顶上然后狠狠地往下摔。知道怎么摔吗？头朝下，知道吧，别脚朝下，脚朝下有时死不了。这是李城的邻居后来传说的，他们说，那个捡垃圾的老头果真就顺着往上爬，一直爬到了那高高的楼顶上，好在他没有往下跳，他只是在上边默默地坐着，坐得整一栋楼的人一个个都心惊肉跳的，尤其是李城，简直吓得半死。之后，李城就再也不敢吓他了，他总是乖乖给他递上一点吃的，然后让他走走走，走吧你。

从楼顶下来的李四，后来说是再也不要那些吃的了，他把那些吃的全都丢在了楼角的垃圾桶里。这一点，看到的人都觉得不可理解。

出事的那一天有很多的说法，但我知道，很多都是不真实的，都是对李四的嘲笑或谩骂。我相信的只是有关馒头的那一个。

时间说是已经中午，那个捡垃圾的老头，也就是他们说我的父亲，其实是李四，说他正从大街边的一家馒头铺经过，那是一家瓦城很有名的馒头铺，瓦城人喜欢称它为老馒头，李四看着老馒头里的大馒头，他想他应该吃两个，他以为他身上还有钱，他张嘴对老馒头的小老板叫道，给我拿两个。

可是，他掏了好久，才掏出了一个馒头的钱。

他的脸色于是有点难堪，他把声音也低低地压住了。

他说我先买一个吧，我先买一个。

他拿了一个就悻悻地走了。说是那个馒头，他后来没有吃，而是把它扔掉了。谁也不知为什么？只说他一直地拿着，一直地看着，最后就把它抛到了空中。

也许，就是扔掉馒头之后他来到了李香的家门前。他想用我父亲的身份证再一次把李香的房门打开。他想进去找些吃的？他想进去好好地躺一躺？毕竟，他是他们的父亲呀？他累了，他不想再走了，他不想再这样下去了。

然而，他却怎么也进不去。

我父亲的身份证早已软耷耷的，怎么捅，也捅不开李香的房门了。李四不禁为此伤心起来，他绝望地摇摇头，恨恨地把我父亲的身份证丢进了楼道上的垃圾桶。丢出之前，他也许闭了一下眼睛，然后软软地坐在了楼道上，然后，呜呜地哭了起来，哭得颤悠悠的。

205

随后,他出现在了瓦城人民法院的大门里。

在他想来,他已经是走投无路了,这里,是他最后的选择。

法院大门的一旁有一个接待室,那是专门接待告状的。

李四直直地朝接待室走去。

接待室里有很多人,几个法警正在不停地忙碌着,但他们几乎都看到了进来的李四,有人给他点点头,让他先找个地方坐着。

李四却不坐。他就那么站着。

他说我要告我的三个孩子!他们一个叫李香一个叫李瓦,还有一个叫李城。

他的声音很急,他的声音很躁,他的声音把他们全都震住了。都朝他愣愣地看了过来。

这时,有一个脑袋从旁边的门里探了出来。那个脑袋认识李四,他就是李瓦的那个警察朋友,叫李四拿出身份证的是他,用手铐把我铐在树下的也是他。他怎么无处不在呢?无处不在的警察当然是好警察了,但这天他来这里干什么?李四还没有把话说完,他就指着李四大声地喊道:

你们别听他的,这老头是一个捡垃圾的老头,他想冒充李瓦他们的父亲,李瓦是我的朋友,我见过李瓦的父亲,李瓦的父亲已经死了,李瓦的父亲长得跟他有些相似。

李四突然就愤怒了,他指着那警察骂道:

他胡说!我知道他跟我的李瓦相好,他胡说!

那警察没有理他,他冲上来就推着他,他让他往外走。他告诉他走走走,这里不是你进的地方,这里是给那些有冤的人进来的,你走吧，你想讹诈你到哪个垃圾桶边讹诈你们那些捡垃圾的去吧。走走走，不走我就把你关起来。

李四的任何抗拒都显得力不从心。

就这样，李四被那警察推拉着，一步一步地退出了法院的大门，一步一步地被推到了法院门前的大街上。

一场无可避免的后果，就这样随后发生了。

李瓦和他的姐姐李香，俩人正在大街边说着什么。也许他们是无意中出现在那里的，他们不可能是有意，但他们被那警察一眼就看到了。那警察忽然就大叫了一声李瓦，然后给李瓦招招手，像是抓住了一个什么坏人，他提着李四就直直地走到了他们的面前。

他说李瓦，你知道这老头跑进去干什么了？他到里边告你们去了，他说，他是你们的父亲。

李瓦笑了笑便朝李四凑过了脸去。

他说老头，你是不是疯了？

肯定是疯了！一旁的李香随口说道。

就在这时，李四的两个巴掌突然闪电一样，啪啪地打在了他们的脸上。

打完，李四转身慢慢地往前走去。

李四的巴掌很重，打得李香满嘴哇哇地乱叫，她想上去拖回李四，却被弟弟拉住了。他不让。那个警察也被李瓦拉住了。

他说不要去管他，让他疯去吧。他肯定是疯了的。

李瓦的话李四听到了，李四听到后李四不走了。

他突然笑笑地回过头来。

他笑笑地看着他们。

然后，脑袋一闪，撞向一辆飞奔而过的大卡车……

听说，李四的血，洒了一地。

◆◆◆

李四的死，我是在米城的晚报上看到的。瓦城的事情怎么跑到米城的晚报上，我不知道。那张米城晚报就丢在街边的一个垃圾桶旁。我一看就愣住了，我的心咚咚地乱跳，好像要跳出我的胸膛，我没有多想就跑到了米城的汽车站，连夜赶回在瓦城的路上。

米城的晚报说，有一个捡垃圾的老头，有一天，在大街上看到一个女孩怀里捧着一张她刚刚去世的姥爷的遗像，他发现那张遗像跟他长得几乎相似，于是就异想天开，想冒充那女孩的姥爷，想从此过上一种不再捡垃圾的生活，但是，女孩的家人们一次又一次地粉碎了他的痴心妄想，最后，那个捡垃圾的老头竟因此而发疯了，他傻傻地笑着在大街上撞死在了他们的面前。

这样的故事，在瓦城不会新鲜太久，三五天我就能在垃圾堆里捡到一个，不同的只是故事的真假。可谁能告诉他们故事的真假呢？你告诉给谁呢？谁相信你呢？我能够做的，就是赶快回到瓦城，回到瓦城去认领李四的骨灰。

我不领，他李四就会永远地没有人领。

火葬场的外边太阳挺大的，但火葬场的里边，却让人感到阵阵地发冷。

窗户里的那个人，还是李四原来跟我说过的那个光头。

我说，前两天有人送来了一个老头，叫作李四，记得吗？光头摇了摇，说没有。我于是发现说错了，我改口说，是一个叫胡来的老头，叫胡来，记得吗？光头还是摇了摇，说没有。我只好给他拿出了那张晚报，我让他看看那上边的文章，他这才呵了一声，然后问，你是他什么人？我一时不知如何回答。

光头说，是你的父亲吗？

我只好点点头。我怕他不给我认领。

光头的嘴里便毫不留情地骂了起来，他说你知道一个人能死几回吗？一个人只死一回你知道吗，可你怎么连父亲的死都不管呢？我说我不在家，我说我是看了报纸才知道的。光头就说，你不在家你到哪儿去了，你不是捡垃圾的吗？我说我是捡垃圾的，但我到别的城市去了，我去了一趟米城。光头便觉得奇怪，觉得不可思议，觉得一个捡垃圾的，你到米城干什么呢。我没有回答他。我说，我父亲现在在哪儿？他说你先交钱吧，我们不能白白帮你火化你知道吗？我说行，我交钱。他就带我走了，交完钱，他们才把李四的骨灰盒交到了我的手上。

走出火葬场的时候，我却突然走不动了。

我的脚突然一软，我跪倒在了如火的阳光下。

看着手上的骨灰盒，我的嘴里禁不住默默地问道：

李四……李四大叔，如果我不离开你，你说，你会死吗？

……

◆◆◆

我把李四送回山里的那一天，一出门，天就下起了雨来，我曾犹豫了一下，但我后来想，也许那样的雨，就是为了李四而下的，就直直地往车站走去了。从瓦城到瓦县，雨没有停过，雨一路地下着；从瓦县到瓦镇，雨还是没有停过，雨还是一路地下着。从瓦镇开始，车就没有了路了，就要开始走路了，老天爷这才忽然地睁开了眼睛，把雨悄悄地收了起来。但我却不走了。山里的路都是石板路，并没有太多那种想象的泥泞，但我走到李四的山里，天也黑了。我住哪呢？我还不如住在镇上。

住在瓦镇的那天晚上，我做了一个梦，我梦见李四从后边忽然揪住了我的衣领，他说，我死了，你知道吗？我说我知道。他说你知道了你就应该替我报仇你知道吗？我说你不是自己死的吗？你报什么仇呢？他说不，我是冤死的我当然有仇，你一定要替我收拾他们。我说算了吧，他们都是你的孩子你的骨肉，你用不着这么歹毒。他说不，你要是不替我报仇，我就死不瞑目。我不答应，他就一直地拉扯着我的衣领，说一句拉一下，拉一下说一句，拉得我全身像散架似的，感到一阵阵的冰凉。我只好说好好好，我怎么帮你，你说吧，我看我能不能帮你？他的手这才慢慢地给我放下。他说你当然能帮我，你肯定能帮。你不是有一理想要成为瓦城的人吗？我说是，我说这是我的理想，也是我父亲的理想。他说那你就要努力，你要尽快在瓦城买下一套你的房子，然后，你就去追求我的外孙女艳艳，你先是跟她恋爱，然后你跟她结婚，然后，等她的爸爸妈妈和她的舅舅都老的时候，你就像他们对待我一样对待他们……但他没有说完，我就跑开了，我嘴里说不不不，我不！我不是说我不喜欢他的艳艳，不是，我是觉得他的这种想法太他妈的小心眼，太他妈的庸俗了，瓦城的垃圾堆里，每

210

天都扔有很多这样的故事。我觉得没什么意思。然后，我就醒来了。

醒后我还摸了摸后边的衣领，我感觉着有种异常的冰凉。

本来，我想把李四放进他老伴的坟墓里，让他与他的老伴永远地生活在一起的，但我后来放弃了，我想他的老伴不一定就喜欢他，因为他临出门的时候，她曾劝过他，他要是不到城里去，她是不会死的，但他不听，我想她不会原谅他的。

最后，我把李四和我父亲放在了一起。

我想，这两个老头，他们不都渴望他们的孩子成为瓦城人吗？一个早就实现了，另一个还远远地看不到边，让他们两人在一起交流交流，也许是挺有意思的，至少我父亲的经验可以弥补李四的某种失落，而李四的经验又让我的父亲对我表示深深的歉疚。埋好后，我给他们两人深深地鞠了三躬，我说你们好好聊吧，我走了，我还得回我的瓦城去。

路过李四那块地的时候，我停了一下，我想起了地里的稻草人。

然而，那稻草人早已经倒在了地上。我觉得不对呀，当时我插得挺深的，怎么就倒下了呢？我把稻草人扶了起来，重新插好，插得深深的，然后，学着李四当时的样子，先是整整了李四的那顶帽子，然后从他老伴的衣领那里慢慢地整理下来，然后是胸襟，然后是衣摆，一点一点，细细的没有放过，就连稻草人手中的那一个白色的塑料袋，我也给重新系好。但就是这个塑料袋，我才刚刚系好，它忽然就飞走了。是一阵风把它忽然吹走的。它先是跟着风动了动，忽然就从稻草人的手里飞走了，就像一个白色的精灵。

我想我明明是系好了的呀，它怎么就飞走了呢？

我的目光愣愣地追随着它，我有点发呆。

忽然，我好像发现了一点什么，我看到它飘去的前方，就是瓦城的去向。

于是，我大声地喊了过去，我说慢点，你等等我！

然后，我拔腿朝我的瓦城飞奔而去。

◆◆◆